Émilie de Turckheim

Im schönen Monat Mai

Émilie de Turckheim

Im schönen Monat Mai

Roman

Aus dem Französischen
von Brigitte Große

Verlag Klaus Wagenbach Berlin

Die französische Originalausgabe erschien erstmals 2010 unter dem Titel *Le Joli Mois de mai* bei Éditions Héloïse d'Ormesson in Paris.

Die Übersetzung wurde vom Deutschen Übersetzerfonds gefördert.

Wagenbach Taschenbuch 702
Deutsche Erstausgabe

Umschlaggestaltung Julie August. Gesetzt aus der Scala und Impact. Das Karnickel auf Seite 1 zeichnete Horst Rudolph. Einband- und Vorsatzmaterial von Schabert, Strullendorf.
Gedruckt auf chlor- und säurefreiem Papier (Schleipen) und gebunden von Pustet, Regensburg. Printed in Germany.

ISBN 978 3 8031 2702 0

1

Mein Vorname ist Aimé. Das heißt Lieber, hat aber nichts zu sagen. Ihr werdet schon sehen, ich kann keine Geschichten erzählen.

*

Bei uns war alles ruhig, und plötzlich ist es wie Herbst. Wie in dem Drecksmonat November, wenn die Zimmer im Ersten vermietet sind und die Gäste noch vor der Sonne aufstehen, um mit Blei auf Tiere zu schießen. Wieviele Pariser kommen? Ich sage Pariser, weil so, wie die ausschauen, sind die aus der Stadt, vielleicht nicht Paris, sondern einer öden Kleinstadt, einem blöden Kaff, aber eben aus der Stadt. Abdallah hat sie mit dem Wagen vom Bahnhof geholt und beim Gemüsegarten aussteigen lassen, damit er sich die Reifen nicht dreckig macht. Den Rest könnt ihr zu Fuß weitergehen, hat er gesagt, aber passt auf, dass ihr euch nicht die Schuhe ruiniert. Ich hätte nicht gedacht, dass es so viele sind. Ein, zwei vielleicht, aber nein, alle auf einmal. Martial ist für Wegschicken, sie sollen sich verziehen und nach dem Sommer wiederkommen. Aber es ist schon fast dunkel. Wir schauen morgen weiter, Martial, sag ich zu ihm, ärger dich nicht über die Hirnschüssler. Pariser – Hirnschüssler, so heißt es bei uns. Da ist er beleidigt. Aber das war doch so geplant, Martial!, sag ich zu ihm. Wir haben die Betten ja nicht umsonst gemacht! Drei Betten, Martial! Gott sei Dank ist er ein Faulpelz. Er denkt also nach und schaut, als wenn ihm das Ganze viel zu vertrackt ist, dann sagt er, hast Recht, Aimé, wir haben die Betten ja nicht umsonst gemacht. In Wirklichkeit hat er es nicht genauso gesagt, weil gestottert. Und dann hat der Sturschädel doch noch was gefunden, was er gegen die Hirnschüssler sagen kann, wie sie nur noch so zehn, fünfzehn Meter von der Haustür weg waren und durchs Fenster immer größer geworden sind. Und wisst ihr, was er gesagt hat? Nicht mal durch den Dreck gehen können die. Und Recht hat er. Du musst schnell durch den Dreck gehen, sonst steht dir der Dreck auf den Füßen. Ich hab ihm ins Ohr geflüstert: »Wir müssen freundlich sein zu den Gästen, damit Monsieur Louis seine Freude hat. Weil wenn du nicht auf Monsieur Louis hörst, ist deine andere Seite auch bald hin.« Da war es dann auf einmal besser, und er hat kein Wort mehr gesagt, nur Sorgenfalten gemacht. Und wenn ich sage kein Wort, dann meine ich auch kein Wort, kein Guten Tag, kein Hatten Sie eine angenehme Reise, kein Folgen Sie mir bitte in den ersten Stock, ich zeige Ihnen Ihr Zimmer. Jetzt kann ich denen alles allein erklären. Schöner Mai das! Armer Martial! Ihr müsst das verstehen: Immer wenn neue Leute durch die Tür kommen, glotzen ihn neue Augen an. Es sind fünf, den kleinen Dicken hab ich erst übersehen, wenn man den Hund mitzählt, sind es sogar sechs, und warum soll man den Hund nicht mitzählen, frag ich mich, sechs Hirnschüssler also. Pech, dann müssen halt zwei in einem Bett schlafen. Gastfreundschaft ist es nicht, was uns fehlt, das schwör ich, es sind die Betten. Und genau besehen nervt mich der kleine Dicke. Warum muss dem sein Koffer zweimal so groß sein wie Herrn Truchon seiner, trotzdem er nur halb so hoch ist wie Herr Truchon? Können die Koffer nicht zur Statur der Leute passen? Den Herrn Truchon hab ich gleich erkannt, noch bevor er seinen Namen auf die Gästeliste geschrieben hat. Von dem war nämlich ein Foto auf dem Brief, den er geschrieben hat, als wenn er Angst hat, dass man ihn sonst verwechselt. Ich fühle mich sehr geehrt, hat er geschrieben, ich werde in Begleitung meiner Gattin anreisen, es ist mir in meinem großen Kummer immerhin ein Trost zu wissen, dass Louis Yoke so viel Wert auf meine Freundschaft ... und so weiter und so fort, ich lese euch jetzt natürlich nicht den ganzen Brief vor, jedenfalls hat er mehr getrost gewirkt als bekümmert, der Herr Truchon, und ich finde es auch ausgesprochen taktvoll von ihm und seiner Frau, dass sie sich wirklich nichts von dem großen Kummer haben anmerken lassen, wie sie hergekommen sind. Ich hab keine Ahnung, wie lang die bleiben. Nicht mal gefragt. Nur das Nötigste im Haus gemacht, damit ich sie nicht husten höre. Das Haus wird immer sauberer und Martial immer kränker. Vor zwei, drei Tagen hat er auch noch angefangen, sich zu kratzen. Wie eine Krähe mit Flöhen. Tag und Nacht hat er sich gekratzt, ekelhaftes Geräusch das. Jetzt, wo alle da sind, finde ich, hat er fast was Würdiges an sich. Um sich ein bisschen zu trösten, hält er Katze Njama im Arm. Njama, so haben wir unseren kleinen Kater zum Spaß getauft, wegen dem Wortspiel. Man sollte sich eh nicht so viel Gedanken machen. Kopf hoch, sag ich zu Martial, wenn die weg sind, wird der Mai wieder ganz ruhig. Martial ist es nämlich nicht mehr gewohnt, dass ihm wer ins Gesicht glotzt. Seit Monsieur Louis nicht mehr da ist, müssen nur mehr wir zwei den Anblick aushalten. Wenn ich so ausschauen würde wie der, ich würde mich in den Brunnen stürzen. Aber nein, er bleibt und hilft mir Betten machen. Nicht dass ihr jetzt glaubt, wir haben extra für die Hirnschüssler das Bettzeug gewaschen! Wir haben es nur umgedreht, damit es sauber aussieht. Von fern wirkt es ganz frisch. Na ja, nicht ganz, ein paar Spuren sind dran. Das soll ordentlich sein? hätte Monsieur Louis gefragt, die Augen voll Tadel und Schnaps, weil Wasser kann er nicht leiden, unser Monsieur Louis mit seiner Pfeife, seinem Schlafrock, seinen Jagdzeitschriften, seinen Füßen ohne Pantoffeln auf dem Kaminsims. Das soll ordentlich sein? Typischer Monsieur-Louis-Satz das. Aber Monsieur Louis ist ja nicht mehr da, um so typische Monsieur-Louis-Sätze zu sagen. Mich persönlich stört schmutziges Bettzeug nicht. Du gehst doch nicht ins Bett, um sauberer herauszukommen, als wie du dich hingelegt hast. Der kleine Dicke muss ganz schön schlucken, wie ich ihm sein Bett zeige. Und wie ich ihm sage, Sie müssen sich die Matratze mit Wachtmeister Lyon-Saëck teilen, hat er sich in die Zunge gebissen. Aua, schreit er, ich habe mich in die Zunge gebissen! Den Polizisten lässt das kalt, dass er im selben Bett schlafen soll wie der kleine Dicke, der in Wirklichkeit gar nicht der kleine Dicke heißt, sondern angeblich Sacha Milou, jedenfalls hat er sich so in die Gästeliste eingetragen, aber das glaubt ihm eh keiner, weil Sacha Milou heißt kein Mensch, außer er ist auf der Flucht vor der Polizei und erfindet Märchen.

Bis zum Abendessen ist alles gutgegangen, die Hirnschüssler haben in ihren Zimmern im Ersten ein Nickerchen gemacht, und Martial hat nur ein bisschen rumgeschimpft und gestottert, von wegen es ist kein gutes Zeichen, wenn die Hirnschüssler im Mai kommen, weil im Mai kommen die nie zum Jagen, höchstens zum Klauen, und wenn das alles hier wem gehört, das Haus, der Hof, der Teich und die Jagd, dann ja wohl nicht den

Hirnschüsslern, sondern uns, weil wir sind schon so lange bei Monsieur Louis, dass wir wie seine Kinder sind. Ich sag, im Leben muss man teilen können, wenn Monsieur Louis dich jetzt hören würde, wäre er gar nicht stolz auf dich, die Art von Sätzen funktioniert bei Martial, da ist dann gleich Schluss mit Schimpfen und Stottern, weil, was ich noch nicht gesagt hab, Martial stottert nämlich ständig seit dem Unfall, von dem wir beide wissen, dass es kein Unfall war, sondern ein Wutanfall von Monsieur Louis, der schlecht ausgegangen ist. Während wir so gestritten haben, haben wir ordentlich Rüben geschält für die Suppe. Soll heißen, Martial tut immer gleich beleidigt, aber eigentlich macht er gern gute Arbeit.

2

Der Erste, der die Treppe runterkommt, ist Wachtmeister Lyon-Saëck, der eigentlich schon in Pension ist, aber immer noch den Polizeiblick draufhat. Der hat kein Nickerchen gemacht, das sieht man, weil seine Sachen und Haare ganz glatt sind und nach frischgewaschener Wäsche riechen, aber das ist nur so eine Redensart, in Wirklichkeit riechen Polizistenhaare wahrscheinlich wie Haare. Lucette, wenn sie da wäre, würde sie sagen, er hat sich gut gehalten, das heißt, für Liebesdinge ist der zu alt. Er hat sich als Einziger nicht gleich nach der Ankunft in die Gästeliste eingetragen, aber die Geheimnistuerei war für die Katz, weil ich ihn nämlich schon einmal gesehen habe, aber auch wenn ich ihn noch nie gesehen hätte, hat man den Polizisten doch gleich gemerkt an diesem Dich-krieg-ich-auch-noch-Blick. Wenn man den sieht, hält man sich automatisch grade. Vorher, wie er eigentlich dran war, hat er gesagt, ich mach das später, mit meiner eigenen Feder, als wenn ihm unsere nicht gut genug ist. Also sag ich zu ihm, jetzt müssen Sie aber unterschreiben, Herr Wachtmeister, und gebe Martial ein Zeichen, dass er zum Eingang geht und die Liste holt, so kann er nämlich weg und braucht sein Gesicht nicht zeigen, dafür sieht man dann sein scheußliches Hinken, das ist auch von dem Unfall, den wir nicht mehr Unfall nennen wollen, jetzt wo Monsieur Louis nicht mehr da ist und bestimmt auch nicht wiederkommt. Mit einer goldenen Füllfeder, sowas hab ich noch nie gesehen und Martial auch nicht, unterschreibt der Wachtmeister mit »Kommissar Lyon-Saëck« und kriegt es dabei nicht hin, dass er die Spalte oder die Zeile trifft, vielleicht weil er nicht kleiner schreiben kann oder weil er seine Füllfeder so liebt, dass er gar nicht auf die Idee kommt, ihr nur so ein Stückchen Papier zu geben, wie wenn man seinen Hund so liebt, dass er nicht in einer Ecke schlafen soll. Kaum hat er fertig unterschrieben und ist dabei in alle Richtungen hinausgefahren, spricht er mich an, nicht Martial, wo der doch viel näher bei ihm steht und der Größere von uns zwei ist und fünfzehn Jahre älter, aber dadurch, dass er so furchtbar hässlich ist, hat er verloren.

»Sagen Sie, mein Guter ... sind wir jetzt komplett, oder fehlen noch welche?«

»Wir sind komplett komplett, Herr Wachtmeister. Ich hätte nicht gedacht, dass wir schon so komplett sind.«

Der Wachtmeister schaut mir tief in die Augen, um rauszukriegen, ob ich ihm was verschweige oder ihn anlüge, aber er findet nichts.

»Um welche Zeit wird der Notar erwartet?«

Das ist wahre Disziplin, wenn man seinen Kummer nicht zeigt, das ist noch schwerer, als nicht wie ein Schlosshund zu heulen. Wenn Leute heulen, dann ist mir das immer so furchtbar peinlich, dass ich sie in den Arm nehmen muss, um ihnen ein bisschen was abzunehmen. So eine Zurückhaltung hab ich noch nie gesehen, da können sich einige ein Stück davon abschneiden, die wegen nichts losheulen, also was ich damit sagen will, der Wachtmeister könnte doch wenigstens ein bisschen so tun als ob, damit es nicht ganz so ausschaut, wie wenn er nur wegen dem Geld da ist. Da hätte Monsieur Louis keine Freude, wenn er das sehen würde. Aber natürlich kann er ja nichts mehr sehen, weil ihn eine Kugel erwischt hat.

»Der Notar kommt erst morgen früh, Herr Wachtmeister. Ich dachte, die Herrschaften wollen sich vorher noch gern ein wenig sammeln.«

Er verzieht seine Nase. »Sehr schön gedacht, Kleiner.«

Ich weiß nicht, wann ich Geburtstag habe, aber ich weiß, wie alt ich bin, achtundzwanzig, also reißt es mich, wenn noch wer Kleiner zu mir sagt. Der Wachtmeister schaut aus dem Fenster, das zum Friedhof hinausgeht, keine Ahnung, ob er das absichtlich macht, ich glaub aber nicht, weil draußen ist es stockfinster und man kann gar nichts sehen.

»Dort liegt er«, sag ich, »neben seinem Bruder und den ganzen anderen Yokes. Wenn Sie wollen, Herr Wachtmeister, kann ich Sie hinbringen, solange Martial die Suppe aufwärmt.«

Das mit dem Polizeiblick haut immer hin. Ich halte mich grade, wo ich doch sonst mehr krumm gehe. Als wenn ich was auf dem Gewissen habe. Lucette sagt immer, wir sind alle als Sünder geboren und haben immer was auf dem Gewissen, aber ich kann nachdenken, so lang ich will, mir fällt nichts ein. Gut finde ich an dem Wachtmeister, dass er schnell durch den Dreck geht und sich nicht um die Sauerei an seinen Hosenbeinen schert. Da sieht man gleich, dass er aus einem Beruf kommt, wo sie im Dreck über Leichen stolpern. Weil es so finster ist und das Haus zu weit weg, hält er sich an meinem Ärmel fest, als wenn es dadurch heller wird, was es natürlich nicht tut, aber das sag ich nicht, weil ich nicht angeben will, dass ich mich im Finsteren besser auskenne wie er.

»Da ist es, Herr Wachtmeister.«

»Gibt es denn keinen Grabstein?«

»O ja! Was glauben Sie denn? Ein Mann wie er ... Er kriegt einen aus Marmor mit unserer tiefsten Trauer in goldener Schrift drauf.«

Weil es Nacht ist und besonders weil der Mond sich irgendwo versteckt hat, kann ich sein Gesicht nicht sehen, aber ich merke genau, dass jetzt die Polizeifragen kommen.

»Wann genau ist es passiert?«

»Das wird so vor einem Monat gewesen sein.«

»Vor einem Monat! Und wieso werden wir erst jetzt hierher gerufen?«

»Ich hab so schnell wie möglich gemacht, Herr Wachtmeister, ich bin halt langsam.«

»Haben Sie ihn gefunden?«

»Nein, mein Herr, das war Martial. Wir haben drei Tage nach ihm gesucht. Wir sind überall rumgelaufen, wo man nur rumlaufen kann. Nachts sogar mit elektrischen Lampen. Martial hat ihn dann gefunden, aber er hat ja nicht riechen können, in was für einem Zustand, deswegen hat er dann tagelang nichts gesagt und nichts gegessen, außer wie ich einmal Rouladen gemacht hab, weil Rouladen hat er am liebsten.«

»Verstehe. Angesichts der Einsamkeit von Monsieur Louis, seines Alters und vielleicht ... des Alkohols ... denkt man natürlich an Selbstmord.«

»Ja, ja, da denken wir nur dran. Den ganzen Tag und sogar in der Nacht, weil Martial nämlich nicht mehr schlafen kann, seitdem er Monsieur Louis so gefunden hat, erschossen mit einem Gewehr.«

»Und doch, ich weiß ja nicht, wie es Ihnen geht, aber ich muss auch an die Nachbarn denken, die Monsieur Louis sicher beneidet haben um seine Geschäfte und vielleicht auch etwas gegen die Stadtmenschen hatten, die

die immer freitags angereist sind und Irrsinnssummen dafür ausgegeben haben, dass sie am Wochenende vielleicht ein Wildschwein vor die Büchse kriegen, das sie dann womöglich verfehlen.«

»Nachbarn? Hier gibt es keine Nachbarn. Wir sind ganz allein! Schrecklich allein, Herr Wachtmeister, Sie können sich das gar nicht vorstellen!«

»Natürlich, wie dumm von mir! Ich weiß auch nicht, warum ich mir eingebildet habe, dass es hier unbedingt Nachbarn geben muss. In der Stadt hat man immer Nachbarn. Aber hier sind Sie ja wirklich ganz allein.«

Die Polizisten, die gut sind in ihrem Beruf, die sagen immer was oder sagen was nicht, was sie dann aber doch sagen, genau wie im Fernsehen. Aber wir sind auch nicht von gestern.

»Aimé, nicht wahr?«

»Je nachdem, was man drunter versteht, Herr Wachtmeister, aber heißen tu ich so.«

»Wir sind uns schon einmal begegnet, Aimé, vor etwas über zwei Jahren. Können Sie sich erinnern?«

»Nicht böse sein, Herr Wachtmeister, aber über die Jahre hab ich hier so viele zum Jagen kommen sehen ...«

»Macht nichts, ich kann mich sehr gut an Sie erinnern! Und jetzt, Aimé, stehen Sie durch die Macht der Umstände von einem Tag auf den anderen ohne Arbeitgeber und ohne Arbeit da ...«

»Ohne Arbeitgeber, da sag ich nichts, aber ohne Arbeit? Ich geb den Hühnern und den Schweinen Futter, ich geh mit dem Kescher durch den Teich, ich reche die Alleen, ich mach den Haushalt, ich kümmere mich um Martial, der manchmal schlimmer ist wie ein Kind, ich stelle Fallen auf für das Wild, ich putz die Gewehre für die Saison, ich koch die Suppe, ich gieß Monsieur Louis seinen Buchs, und wenn ich drüber nachdenke, arbeite ich sogar noch mehr als vorher, weil nämlich Monsieur Louis seinen Buchs immer selber gegossen hat.«

»Tut mir leid, Aimé, ich wollte Sie nicht kränken. Ich habe mich falsch ausgedrückt. Was ich damit sagen wollte, ist nur ... Es gibt keinen mehr, der Sie bezahlt.«

»Ach, na ja, das Geld ...«

Der Wachtmeister hockt direkt auf dem Grab von Monsieur Louis, aber weil es so finster ist, kriegt er das gar nicht mit. Er hat was von der Erde in die Hand genommen und macht sich wie ein Rotzlöffel die Finger dreckig.

»Sie müssen sich keine Sorgen machen, wie es mit Ihnen weitergeht, Aimé. Das steht Schwarz auf Weiß im Testament.«

»Dort steht Schwarz auf Weiß, dass ich mir keine Sorgen machen brauch?«

»Dort steht, dass Monsieur Louis verlangt, dass Sie auf dem Gut bleiben, ungeachtet der Teilung, die die Erben beschließen.«

»Und was ist mit Martial? Steht da auch Schwarz auf Weiß, dass er keine Angst haben muss?«

»Martial? Das ist doch der Bursche, der ... Armer Kerl! Was ist denn mit dem passiert?«

»Ah«, sag ich, »die Suppe ist fertig. Ich seh Martial schon winken!«

Das geht die Polizei nämlich nichts an, warum Martial auf einer Seite gar nichts mehr hat, keine Haare, keine Lippen, kein Nasenloch, keine Wange, kein Ohr und kein Auge, nur Gummihaut mit Löchern drin.

3

Alle haben ihren Teller leergegessen, und keiner hat was gegen die Suppe gesagt. Aber Martial will Komplimente hören, das kommt von der Selbstliebe. Selbstliebe ist, wenn man beschließt, sich selber zu lieben, damit einen wenigstens einer liebt. Sagt jedenfalls Lucette. Martial also wartet auf Komplimente und rührt sich nicht vom Fleck, bevor nicht irgendwer gesagt hat: Wer hat denn diese köstliche Suppe gekocht? Sie ist delikat, ich nehme gern noch etwas nach, vielen Dank.

Auf einmal liegt so was Peinliches in der Luft, und die Uhr schlägt.

Wachtmeister Lyon-Saëck klopft mit dem Finger auf das Tischtuch, und das hat er mir zu verdanken, dass er das kann, nicht Martial, weil der war nämlich dagegen, sieht doch viel einladender aus mit Tischtuch, hab ich gesagt, aber deswegen ist er ja dagegen gewesen, weil es einladender aussieht. Dann haben wir uns im letzten Moment noch geeinigt und ein schmutziges Tischtuch genommen. Herr Truchon kaut mit leerem Mund Luft, Frau Truchon verdreht die Augen und sagt zu ihrem Mann, du kaust Luft, wie wenn sie ihm das schon tausendmal am Tag gesagt hat in den ganzen Jahren, die sie zusammen sind, und jetzt hat sie genug davon. Sacha Milou legt seinem Hund, der genauso Suppe bekommen hat wie alle anderen, die Hand mit den goldenen Ringen auf den Kopf. Und der Herr am Tischende, der seinen ganz kurzen Namen winzigklein in die Liste eingetragen hat, ohne über die Spalte oder über die Zeile hinauszuschreiben, tut nichts Besonderes, aber ich finde es netter, wenn man über jeden eine Kleinigkeit sagt, wo ich doch auch den Hund nicht ausgelassen habe.

Weil alle Teller leer sind und Martial so hässlich ist, schauen alle mich an. Der Hund bellt, und Sacha Milou sagt, aus, Pistache, aus! Martial wird rot und röter, weil er sonst sogar mitten in der Saison, wenn die Hirnschüssler an nichts anderes denken als an ihre Wildschweine, immer Komplimente für seine Suppe erntet oder wenigstens ein paar zufriedene Grunzer beim Essen, was fast genauso viel wert ist. Pistache bellt noch einmal. Und Sacha Milou sagt: »Könnte ich bitte noch etwas Suppe für meinen Hund haben?«

Wie ich das höre, kriege ich Angst, weil bei Martial kann das schon mal passieren, dass er sich aufregt. Gott sei Dank mag er Komplimente so, dass er zu lächeln anfängt, wie ihm klar wird, dass er Suppe nachbringen soll, und dann serviert er dem Hund die Suppe, als wenn das genauso gut ist wie ein Mensch, und vielleicht ist es sogar ein bisschen besser, weil so ein Mensch kann Suppe nachnehmen aus Höflichkeit, aber beim Hund ist es auf jeden Fall ein Schrei des Herzens.

Frau Truchon sagt zu ihrem Mann, ich leg mich ein bisschen hin, mir ist nicht gut, dabei nimmt sie mit allen zwei Händen ihre Brüste, um sie im Mieder zurechtzurücken, und schimpft sie dabei mit den Augen, als wenn es zwei schlimme Kinder sind. Dem Herrn Truchon ist das peinlich als Ehemann, flugs schaut er um den Tisch herum, ob wer geschaut hat, und klar, alle haben geschaut, außer Sacha Milou, der sich eine Zigarette anzündet und dabei ein ganz böses Gesicht macht und den Rauch mit der Hand in alle Richtungen wedelt, als wenn gar nicht er raucht, sondern sein Nachbar. Frau Truchon steht auf und schaut aus, als wenn sie gleich brechen will, ganz grün im Gesicht und mit Schweißperlen auf der Stirn. Dann lässt sie sich auf den Stuhl fallen und sagt, jetzt geht es mir schon viel besser. Sowieso finde ich, dass Frau Truchon ein paar Probleme hat mit den Manieren. Statt dass sie Kleider anzieht, die größer sind oder gleich groß, hat sie immer welche an, die zu klein sind. Aber vielleicht will sie ja sparen, und dagegen kann man nichts sagen, weil Kleinvieh macht auch Mist, und Lucette hat noch eine Menge Sprüche drauf, die der Frau Truchon Recht geben, wenn sie das Geld nicht zum Fenster rausschmeißt.

Geh schlafen, Martial, ist Zeit! sag ich zu Martial. Und der saust los, die Treppe rauf, ohne Auf Wiedersehen oder Gute Nacht. Die Hirnschüssler ziehen Gesichter und schauen ihm mit verkniffenen Augen hinterher, wie er gebückt hinaufhinkt, als wenn er einen viel zu schweren Pflug hinter sich herzieht und ihm nie wer hilft. Martial hat keine Ahnung. Am Anfang war er misstrauisch, weil sie im Mai gekommen sind, dann hat er sich gedacht, sie wollen nur zur falschen Zeit jagen. Dann, dass sie uns das Haus, den Teich und den Wald wegnehmen wollen. Gestern hätte ich fast zu ihm gesagt, weißt du, dass ich das Testament im Schreibtisch von Monsieur Louis gefunden habe? Dann hab ichs doch nicht gesagt, sondern: Du weißt schon, dass wir hier nicht zu Hause sind, Martial. Bei Martial passiert es manchmal, dass alles, was ihm an Verstand fehlt, plötzlich von ganz innen aus ihm herausbricht, und er sagt, wir sind da zu Hause, wo wir leben und Katze Njama uns liebt. Nur eben nicht in einem Zug, weil er doch so furchtbar stottert, seit ... na, das wisst ihr ja schon. Da sind mir keine anderen Lügen eingefallen, als dass Monsieur Louis die fünf Hirnschüssler schon eingeladen hat, lange bevor er eine Kugel im Leib gehabt hat, und dass es ein Gebot der Gastfreundschaft ist, mindestens Betten und eine Suppe für die Freunde von Monsieur Louis zu machen.

Ich schlage vor, nebenan im Salon Platz zu nehmen, um sich bekanntzumachen, wie Monsieur Louis gesagt hätte, aber keiner findet die Idee gut, außer Frau Truchon, die lieber ihre zu kleinen Kleider herzeigt, als dass sie schlafen geht. Es ist schon sehr spät, sagen sie, oder es war ein langer Weg oder meine Gattin ist müde oder auch, wenn Pistache nicht vor zehn im Körbchen liegt, hat er morgen den ganzen Tag Migräne. Aber nachdem ich oft genug wiederholt habe, dass es Monsieur Louis' liebste Gewohnheit war, wenn seine Freunde nach dem Abendessen am Feuer sitzen, gehen sie dann doch alle mit Seufzen und Schulterzucken hinüber in den Salon. Jedes Mal, wenn sich wer in den großen grünen Sessel von Monsieur Louis setzen will, sage ich, nein, nicht da, das ist der Sessel von Monsieur Louis. Und wie sie am Ende alle auf den erlaubten Plätzen sitzen, springt Pistache auf den Sessel von Monsieur Louis, und weil ich glaube, dass Monsieur Louis bei einem Hund nichts gesagt hätte, hab ich auch nichts gesagt, und dann hat sich Pistache vor den ganzen Hirnschüsslern, die ihm seinen Platz neidig waren, zu einer Kugel eingerollt und hat geschlafen wie Blei. Da schau her, jetzt rede ich schon wie Monsieur Louis, der Hund, Kugel und Blei öfter benutzt hat wie alle anderen Wörter zusammen. Ich habe eine Ansprache vorbereitet, aber nicht genug geübt, weil Martial die ganze Zeit an mir geklebt hat wie ein verschwitztes Hemd. Nur einmal hab ich mich bei den Schweinen versteckt und versucht, meine Rede laut aufzusagen. Dabei habe ich mich selber reden gehört wie ein Idiot. Ich habe mir mit der Hand auf den Kopf gehaut und vor den ganzen Schweinen gebrüllt, du bist ein Trottel, Aimé, du bist ekelhaft! Alles an dir ist hässlich! Und dann, ich weiß nicht, warum, aber dann habe ich alles ausgezogen, mein Hemd, sogar die Socken und die Unterhose, und bin mit den Schweinen auf den Hof hinaus, hab mich im Dreck gewälzt und geschrien wie ein Schwein, dass sogar zwei geglaubt haben, ich rede mit ihnen, und mir geantwortet haben. Da hab ich dann so getan, wie wenn ich nichts höre.

Ich hätte wirklich mehr üben sollen, weil in dem Moment, wo ich anfangen will, hab ich alles vergessen. Also kürze ich die Begrüßungsrede ab, aber an den Hirnschüsslergesichtern kann ich ablesen, dass ich viel zu kurz abkürze, und sogar wenn sie es verstehen, fehlen trotzdem Höflichkeiten und Längen, was bei Ansprachen Pflicht ist. Ich hab mich vor sie hingestellt wegen der Feierlichkeit. Weil nämlich auf dem Begräbnis der kleinen Claude hat Monsieur Louis rumgemeckert, ihm fehlt die Feierlichkeit, dabei war es ein so fröhliches Begräbnis, bei dem überhaupt nichts gefehlt hat, außer der kleinen Claude natürlich. Lucette hat mir dann erklärt, Feierlichkeit ist, wenn man unbedingt zeigen will, dass man einen großen Moment erlebt, auch wenn man dabei ein bisschen schummelt.

Zuerst habe ich gehustet, weil, ich weiß nicht, ob ihr das schon bemerkt habt, aber vorm Reden wird immer gehustet. »Ich bin Aimé, der Diener von Monsieur Louis, und Sie sind bei diesem allerbewegendsten Empfang heute Abend hier versammelt, weil Monsieur Louis keine Frau und keine Kinder gehabt hat und auch keine Freunde und keinen Respekt vor irgendwem vielleicht vor dem Kater und deswegen hat er Sie zufällig aus seiner Kundenkartei herausgepickt, damit er Ihnen alles vermacht, was eigentlich seine Lieben kriegen sollten, aber, wie schon gesagt, hat er ja keine gehabt.«

An der Stelle bricht ein so schweigsames Schweigen aus, dass Pistache mit seinem Schnarchen noch am meisten gesagt hat. Der Wachtmeister schaut mich an, als wenn ich nicht grade stehe, dabei bin ich ganz gerade gestanden, wie immer, wenn die Polizei dabei ist. Dem Herrn Truchon klappt der Mund auf, und ich müsste es euch besser aufzeichnen, wie abfällig der Mund von dem Herrn Truchon geschaut hat. Der Mund hat nämlich nicht mehr gemacht, wozu er da ist, nicht geredet, nicht gegessen, ja, nicht einmal mehr zugegangen ist er. Der ist so baff, der Herr Truchon, als wenn er sich gar keine Hoffnung mehr auf das Erbe macht. Frau Truchon schaut den Pistache an und macht auf Dame, die gar nicht zugehört hat, dabei kann man ganz genau sehen, wie das Grün auf ihren Wangen immer grüner wird, je länger das Schweigen dauert. Sacha Milou beißt in seine goldenen Ringe. Und der Letzte, der sich ganz klein in die Liste geschrieben hat, der ist auf eine mehr zurückhaltende Art genauso betreten wie alle anderen. Gott sei Dank hilft uns ein Schrei aus der Verlegenheit. Das war Frau Truchon, weil Martial seinen Kopf zur Salontür hereingestreckt hat. Martial! ruf ich, geh schlafen, Martial, jetzt hast du

Frau Truchon erschreckt! Da schlüpft er zurück wie eine Spinne, die man erschlagen will. Der Frau Truchon hat es gefallen, dass ich mich um sie sorge, und da hat sie sich gleichzeitig mit ihren Brüsten zu mir hingebeugt, um sich zu bedanken. Danke, Aimé, aber bitte, sagen Sie doch Paulette zu mir. Die Leute glauben, sie tun dir einen Gefallen, wenn sie sowas sagen, in Wirklichkeit musst du dir dann merken, dass Paulette und die Frau Truchon ein und dieselbe Person sind. Stellt euch mal vor, was man alles für Namen auswendiglernen müsste, wenn jeder einem mit so einem Gefallen kommt!

Immer noch stehend sage ich, Sie würden dem Geist von Monsieur Louis eine große Freude machen, wenn jeder sich vorstellt und erzählt, wie er Monsieur Louis kennengelernt hat. Sacha Milou hat als Erster damit angefangen, aber erst muss ich euch seinen Aufzug von unten bis oben schildern, weil das ist nicht mit Stroh aufzuwiegen, hätte Lucette gesagt. Ich bin nicht gut im Beschreiben, also stellt es euch zum Ausgleich am besten gut vor. Die Schuhe sind aus einem Stoff, dass man gleich das Niesen kriegt. Die Beine rauf kommt als Nächstes eine grünschwarz karierte Hose. Die leidet an derselben Krankheit wie die Kleider von Frau Truchon, und wenn man durch die Beine atmen würde, dann wäre Sacha Milou schon lang erstickt. Das drüber könnte man als Zirkusjacke bezeichnen, vor allem wegen dem roten Stoff und den Schulterstücken aus goldenen Fäden. Und obendrauf sitzt ein Kopf mit Haaren voller Kleber oder Olivenöl oder irgendwas, dass sie glänzen und sich kein Härchen krümmt. Und bei der ganzen Beschreiberei hab ich den Schmuck an den Fingern, den Armen und um den Hals noch gar nicht erwähnt, die ihm so einen Anschein geben, ich sag lieber nicht, was für einen, so einen Anschein, dass man ihm eine Tochter, die unter die Haube soll, nicht zur Frau geben möchte. Er raucht seine Zigarette mit einem Gesicht, als wenn er es gar nicht will, sondern seiner Gesundheit zuliebe rauchen muss, und sagt: »Ich heiße Sacha Milou. Kennengelernt habe ich Louis im Dezember neunzehn ... Wenn ich Ihnen jetzt die Jahreszahl verrate, fühle ich mich richtig alt! Da waren Sie wohl noch gar nicht auf der Welt, Modeste.« Ich sag, ich heiß nicht Modeste, ich heiß Aimé. Aber der Sacha hat einfach weitergeredet, Hände auf dem Bauch: »Louis ist oft montags nach Saint-Étienne gekommen. Er hat mir Häute für meinen Laden mitgebracht, und *im Gegenzug*, wenn ich so sagen kann, Sie verstehen ...«

Ich verstehe nur ganz klare Sachen, und kaum steckt was dahinter, bin ich verloren wie der kleine Däumling, sagt Lucette, also sag ich, nein, Monsieur Milou, ich verstehe nicht, was Monsieur Louis im Gegenzug für die Häute bekommen hat, was denn? Da hat Frau Truchon gehustet, als wenn das genügt, dass ich meine Frage vergesse. Sacha hat mich ganz freundlich angegrinst. »Nun, Aimé, Sie sind ja kein Kind mehr. Louis hat sich ganz einfach die Zeit mit meinen Mädels vertrieben.« Wenn Sacha Milou sagt, meine Mädels, dann darf man das nicht so verstehen, dass das seine Töchter sind, also die Kinder von einer Frau, die er womöglich nie gesehen hat, weil wenn er eine Frau haben würde, dann wäre er ja ein Ehemann. Seine Mädels, das sind so Frauen, die sich für Geld an den Hintern und an den Busen grapschen lassen. Der Wachtmeister Lyon-Saëck schaut den Sacha Milou an und sagt ganz ruhig, was schlimmer ist als brüllen: »Sie unterhalten ein Bordell?« Da springt Sacha Milou auf, wie wenn ihm in dem Augenblick klar wird, dass das genau sein Beruf ist seit siebenundzwanzig Jahren. Ich sage, seit siebenundzwanzig Jahren, weil seit siebenundzwanzig Jahren gehört der »Blaue Engel« dem Sacha Milou. Frau Truchon, die nie einen Fuß in den »Blauen Engel« gesetzt hat, aber schon richtig angezogen ist, wenn sie einmal den Beruf wechseln will, fragt ganz normal, als wenn es um eine Keksfabrik geht: »Haben Ihre Mädels denn ordentliche Arbeitsbedingungen?« »Sie werden behandelt wie Königinnen«, sagt Sacha Milou und schaut dabei dem Wachtmeister in die Augen, der die Frage gar nicht gestellt hat. »Für mich sind sie wie meine eigenen Töchter.« Aimé, sag ich da zu mir, du hast recht, dass du so denkst, wie du denkst. Bei dem Wachtmeister und seiner guten Haltung kommt man gar nicht auf einen Polizisten in Pension, wie er sich in schönen Sätzen vorstellt. Mit seinem Alter und dem Eindruck, den er macht, geht der glatt als Komissar durch. Dabei ist er nur ein Wachtmeister, der es nicht bis zum Kommissar geschafft hat, weil er nämlich auch kein Wasser mag. Genau wie Monsieur Louis. Manchmal hat Monsieur Louis nachmittags direkt aus der Flasche getrunken, ohne den Umweg über das Glas, und geschrien: »Dem Wodka merkt man das Wasser an. Das macht mich bestimmt wieder krank!« Und er war wirklich allergisch gegen das Wasser im Wodka, weil am nächsten Tag hat er sich nämlich den Bauch und den Kopf gehalten und geschimpft. Er hat immer viele Flaschen aufgemacht, aber nie ausgetrunken, weil er gemeint hat, davon wird man Alkoholiker. »Ich bin Jacques Lyon-Saëck. Ich bin kein junger Mann mehr, sondern schon im gehobenen Alter, und nicht so kokett, Ihnen nicht zu verraten, dass ich bereits siebzig bin. Meine Anwesenheit in diesem Hause ist mir allerdings rätselhaft. Die große Ehre, hier zu sein, steht mir sicherlich weniger zu als Ihnen allen.« Frau Truchon wird ganz weiß und fängt zu trampeln an auf ihrem Fußschemel, sie hat sich nämlich unbedingt auf den Fußschemel setzen müssen, damit ihr alle in den Ausschnitt glotzen können. Und je mehr der Wachtmeister redet, desto blasser wird sie. »Vor zwei Jahren erhielt ich eine Einladung von Louis Yoke zu einer Jagdpartie. Er hatte von meiner Waffensammlung gehört und seinem Brief einen kurzen Zeitungsartikel beigefügt, der ihm gewidmet war. Als ich kam, schien Monsieur Yoke in keiner guten Verfassung zu sein, und ich glaube, sein Angedenken nicht zu beschädigen, wenn ich sage, dass er nur Augen für sein besseres Wunderwasser und seinen Kater hatte. Ich schloss mich den anderen Gästen an, jagte, verbrachte die Nacht in seinem Haus und kehrte wieder in mein pikardisches Land zurück, ohne dass ich die Ehre gehabt hätte, dem Herrn des Hauses meine Aufwartung zu machen. Das ist auch schon alles, was mich mit Monsieur Yoke verbindet, den Sie alle so schmerzlich vermissen. Sie können sich meine Verwunderung vorstellen, als ich diese Ladung bekam!«

Paulette Truchon hält es nicht mehr aus, wie ihr das Erbe geklaut wird, und schreit so laut, dass ihr die Brüste aus der Korsage springen und jeder merkt, dass die zwei Dinger noch größer sind, als was sie uns gern hat glauben lassen wollen. »Geht es dir auch wirklich gut, mein Schatz?«, fragt Herr Truchon, aber statt dass sie ihm eine Antwort gibt, fällt sie auf den Boden, zum Glück hat sie es ja nicht weit, weil sie, wie ich euch schon erklärt habe, unbedingt auf dem Fußschemel hat sitzen müssen. Alle sind aufgestanden und schauen ärgerlich auf die baumelnden Brüste und fragen, ob es ihr gut geht, was eine ziemlich blöde Frage ist, weil Paulette doch mit verdrehten Augen wie eine Tote auf dem Parkett liegt. Herr Truchon schreit, er will sofort ein Glas Wasser, einen Arzt, eine warme Decke und ein quecksilberfreies Thermometer, wir stürzen in alle Richtungen davon, ohne uns vorher abzustimmen, und am Ende kommen natürlich alle mit einem Glas Wasser an. Und obwohl ich gedacht habe, Herr Truchon ist ein Kotzbrocken, wie er angekommen ist mit seinem Koffer und so geschaut hat, als wenn er sagen will, ich soll den gefälligst die Treppe raufschleppen und brauch gar nicht auf ein Bitte oder Danke hoffen, tut er mir jetzt trotzdem leid, wie er bei seiner dicken Paulette kniet. Er schüttet ihr Wasser in den Mund, aber das geht gar nicht in sie rein, sondern kommt durch dasselbe Loch wieder heraus. Martial schiebt seinen Kopf durch die Salontür, Katze Njama im Arm, und grinst debil. Hau ab, Martial, geh schlafen! sag ich und mache *kschksch,* wie man Katzen wegscheucht. Also ich kann keine schlechten Nachrichten überbringen, deswegen sag ich es einfach ohne viel Drumrumreden: Paulette Truchon wird sich nicht mehr auf den Schemel setzen, sie ist nämlich tot.

4

Das sagt sich leicht, so ist eben das Leben und man soll sich über nichts mehr wundern, weil das Leben alle Stücke spielt, hauptsächlich in Dunkel und Schwarz, aber man kann sich trotzdem nicht dran gewöhnen, wenn einer stirbt. Ich glaube, wenn man wem in die Augen schaut, der tot ist, dann sieht man vielmehr den eigenen Tod. Mir fallen gar nicht genug Worte ein, um Martial zu beruhigen, der so zittert, dass ihm fast die Augen rausfallen. Der hat eine Mordsangst vor dem Tod, weil er ihm einmal knapp von der Schippe gesprungen ist. Deswegen hat er sich in meine Arme geworfen, obwohl er fünfzehn Jahre älter ist als ich, und ich halte ihn und klopf ihm zur Beruhigung auf den Rücken, dass alles gut wird. Er hängt an meinem Hals wie ein Affenbaby, das von dem Dschungelmonster verfolgt wird. Nein, Martial, flüstere ich ihm ins Ohr, red nicht so einen Quatsch! Das ist nicht von deinem Gesicht, weil du durch die Tür geschaut hast. Der Frau Truchon geht es nicht so gut, weil ihr letztes Stündlein geschlagen hat, und das hat Gott so gewollt, dass sie nicht mehr rumlaufen, nicht mehr essen und sich nicht mehr in ihre zu kleinen Kleider quetschen soll, und der Herrgott schläfert schon immer Leute ein für die Ewigkeit, das ist kein Typ, der sich da vertut! Ich hätte noch gern gesagt, dass er einmal nicht die Falsche erwischt hat, weil Paulette es verdient hat, unterm Fußschemel zu liegen. Aber es war nicht der richtige Zeitpunkt, auch dass ich ihm vom Testament von Monsieur Louis erzähle, wo steht, dass Haus, Wald und Teich nicht uns, sondern den Hirnschüsslern gehören. Lucette sagt immer, alles, was man ein bisschen mehr hat als nichts, soll man teilen. Aber das hat Paulette nicht wollen, kein Stück vom Teich oder vom Wald sollte der Wachtmeister kriegen. Holen Sie einen Arzt! Holen Sie einen Arzt! schreit Herr Truchon, statt dass er still weint. Sonst sagt keiner ein Wort, Sacha Milou nicht und der Wachtmeister nicht und der Herr mit dem ganz kleinen Namen nicht, aber wir denken alle mit den Augen, dass Frau Truchon in ihrem Zustand keinen Arzt braucht. Dann fängt Herr Truchon mit den Lobhudeleien an, wie immer, wenn wer von Toten spricht, das ist nämlich so ein Tick von den Leuten, dass sie über die Lebenden immer Gemeinheiten sagen und ihnen dann, wenn sie hin sind, Komplimente machen. Ich will nicht sagen, dass Paulette nicht ein paar Komplimente verdient hat, aber natürlich übertreibt ihr Mann vor lauter Erschütterung ziemlich, er walkt sein Hemd mit den Händen und schluchzt, wenn ich an all die Kinder denke, die du aufgenommen und geliebt hast wie eine Mutter! Kinder, die aus der Gosse kamen! Die nichtsnutzigen Blagen, die du all die Jahre gewaschen, gefüttert und zugedeckt hast! Du warst eine Heilige, mein Schatz! Ich setz mich hin und aus Versehen auf Pistache drauf, der jault, als wenn ich ihn umbringen will.

5

Sacha Milou geht hinauf schlafen und hat dem Herrn Truchon nicht einmal sein aufrichtiges Beileid ausgedrückt oder gewünscht, dass Paulette es im Paradies schön haben soll, und zu mir sagt er auch nichts wegen dem Hund und dem fast zerquetschten Kopf. Der Herr mit dem ganz kleinen Namen macht eine zackige Verbeugung, weil er nämlich vom Militär ist, ein echter Berufssoldat, und geht auch schlafen. Und mich lassen sie einfach dumm stehen mit Herrn Truchon, der heult wie die Madeleine, von der jeder weiß, dass sie viel heult, mit dem Wachtmeister Lyon-Saëck, der so ein Besserwissergesicht macht, als wenn er mehr weiß als wir, mit Pistache, der sich gar nicht mehr Heiaheia machen traut auf dem grünen Monsieur-Louis-Sessel, Pfötchen unterm Köpfchen, vor lauter Angst, dass es ihm wieder geplättet wird, und Frau Truchon, die aber leider nicht mehr mitzählt, wie ihr wisst. Der Wachtmeister fragt den Herrn Truchon, ob Paulette was mit dem Herzen gehabt hat oder mit den Nerven oder mit der Gesundheit überhaupt. Ich finde das daneben, dass er nach ihrer Gesundheit fragt, wo ihr Gesundheitszustand doch mit Gesundheit gar nichts mehr zu tun hat. Und Herr Truchon macht seine Lage in den Augen des Wachtmeisters nicht besser, wo der ja, wie man feststellen muss, nichts anderes will als Gründe finden, warum Herr Truchon seine Paulette umgebracht hat.

»Sie hat also nie was gehabt?«

»Nein, nie! Höchstens mal so getan, um sich wichtig zu machen. Sie war nämlich Sängerin zu ihrer Zeit, und hat gesungen, kaum dass sie ein bisschen Zeit hatte, hat sie gesungen ...«

»Wie jetzt? Versteh ich nicht! Hat sie was gehabt, ja oder nein?«

»Nein, nichts Ernstes! Ich sage Ihnen ja, sie war völlig gesund!«

»Und Sie wundern sich nicht, dass eine völlig gesunde Person so plötzlich stirbt, ganz ohne Grund?«

»Aber man hat doch immer einen Grund zum Sterben. Gottes Ratschluss, was weiß ich!«

»Sagen Sie, Herr Truchon ... was wird jetzt eigentlich aus ihrem Erbteil?«

»Äh ... darüber hab ich mir noch keine Gedanken gemacht.«

»Ich aber. Und ich glaube, dass es selbstverständlich Ihnen zufällt.«

Ich leide die ganze Zeit, weil Martial so weint in seinem Bett, dass man es durch die ganzen Türen und Wände, die er von uns entfernt ist, trotzdem hört. Armer Martial, und ausgerechnet ich hab ihm gesagt, die Hirnschüssler werden uns schon in Ruhe lassen in unserem schönen Monat Mai! Herr Truchon hat jetzt genug davon, dass der Wachtmeister ihm mit seiner Fragerei auf die Nerven geht, er regt sich ganz schön auf. »Aber nein! Ich sage es Ihnen zum letzten Mal, Paulette war völlig gesund! Außer dass sie keine Kinder kriegen konnte. Deswegen hat sie ihr Leben ja diesen Gören geopfert, die das gar nicht verdient und sie ruiniert haben. Wo sie doch eine Stimme wie eine Nachtigall hatte und internationalen Erfolg hätte haben können!« Eigentlich hat er damit sagen wollen, dass sie eine Pflegemutter war, wo man Kinder hingibt, die keiner haben will, nicht einmal die eigenen Eltern. Der Wachtmeister hat das genau begriffen und den Herrn Truchon mit einem so wehen Blick angeschaut, dass ich es euch gar nicht sagen kann, und den ganzen Wodka ausgetrunken, den ich ihm ins Glas geschüttet habe statt Wasser, weil ihm davor graust. Dann nimmt er die Flasche vom Buffet und trinkt zwei Gläser ohne Luftholen dazwischen und sagt einen Satz, den niemand hört außer Pistache, der den Kopf zu ihm dreht, wie wenn er sagen will, nur weil ich ein Hund bin, versteh ich trotzdem was, und ich, weil ich ein Sensibelchen bin, das hat Lucette immer gesagt, wenn sie mich geküsst hat und traurig war wegen allem außer mir, ich war nämlich die Freude ihres Lebens und ihr Sonnenstrahl. Ich hatte keine Wahl, hat der Wachtmeister gesagt, sie war doch schwanger bis zu den Haarwurzeln. Dabei sind seine Augen voller Wasser gewesen, wie das manchmal so ist, wenn man gerührt ist oder zornig oder unglücklich oder ein schlechtes Gewissen hat, aber ich sage immer, besser rechtzeitig drüber nachdenken, wenn man noch kein Gewissen hat und es nur an sich selber auslassen kann.

Die Gastfreundschaft verlangt, dass ich im Salon bleibe und Herrn Truchon beim Weinen und dem Wachtmeister Lyon-Saëck beim Verdächtigen zuhöre, das weiß ich, aber ich sage pardon, ich muss mich entschuldigen, weil Martial nur noch weint, ich muss mich um seinen Kummer kümmern und komme gleich zurück. Herr Truchon schnieft, und der Wachtmeister, der weiß, was sich gehört, sagt, ja, natürlich, ich bitte Sie, Sie haben schon genug von

Ihrer Zeit geopfert, bemühen Sie sich nicht, ich kümmere mich schon um Herrn Truchon. Ich sage nichts drauf, aber natürlich komme ich nachher wieder herunter, man muss es ja nicht übertreiben. Der glaubt wohl, der Küchentisch räumt sich von allein ab, und die Kaffeetassen stellen sich selber wie die Großen im Kreis zum Frühstück auf, mit sauberen Servietten und Serviettenringen! Ich nehme die Decke mit den Wolken und den Bärchen aus dem Holzschrank im Salon, die ist so groß, dass ich weder den Kopf von Herrn Truchon noch den Kopf der Leiche noch den Kopf vom Wachtmeister sehe, der mich plötzlich was fragt.

»Brauchen Sie Hilfe, Aimé?«

Wenn mich jemand Aimé nennt, dann ist das wie ein Eimer kaltes Wasser auf den Bauch.

»Nein, ich bin das gewohnt. Es ist für Martial.«

»Aha. Und was macht er damit?«

»Das ist seine Kuscheldecke.«

»Seine was?«

»Seine Kuscheldecke. Die er zum Einschlafen in den Arm nimmt.«

»Na, na, ich will mich zwar nicht in etwas einmischen, was mich nichts angeht, aber das ist doch nur etwas für Kinder!«

Wie man so blöd sein kann, dass man glaubt, nur Kinder wollen was Weiches, Warmes im Arm haben, wenn es Nacht wird!

6

Wie ich wieder in den Salon runter bin, hat die Uhr elfmal geschlagen und uns damit gesagt, dass es elf ist. Man hätte schwören können, es geht allen gut bis auf Paulette, die noch immer nicht besser ausschaut. Pistache schläft auf dem Sessel von Monsieur Louis, Pfötchen unterm Köpfchen, wie Hunde halt schlafen. Der Wachtmeister hat sich eine Pfeife angezündet und die Beine auf den Schemel gelegt, wo Paulette gesessen hat, bevor sie aufs Parkett gefallen ist. Herr Truchon hat aufgehört zu weinen, weil das nichts bringt, wenn man ständig heult, das weiß ich sehr gut, dann bleibt der Kummer nämlich eingeklemmt. Besser spät als nie, denke ich, weil ich es komplett vergessen habe, und stelle mich mit gesenktem Kopf vor ihn hin, um ihm zu zeigen, dass ich eine Sammlung habe, und sage: Ich möchte Ihnen mein aufrichtiges Beileid aussprechen.

Er seufzt ganz tief, als wenn ich mit einem Messer in seiner Wunde bohre, und dann, was ich gar nicht erwartet habe, steht er auf und nimmt meine Hand und drückt meine Finger, was mir schon sehr lange nicht passiert ist, und da greift mir plötzlich ein Gefühl ans Herz, das so groß ist, dass ich es euch gar nicht erzählen kann. Sowieso kann ich nicht erzählen. Schade, dass Lucette nicht statt mir die Geschichte erzählt, weil Lucette, die hat so eine Gabe, dass sie alles richtig erzählt, wie es in dem Haus riecht, wie sich die Stimme von Herrn Dings anhört, was der oder der gesagt hat und was die oder die drauf gesagt hat. Und dann passt sie auch immer drauf auf, dass sie sich ein paar Überraschungen aufhebt für später. Sie sagt, das heißt »Süß-Pence«.

Auf die Leiche passt keiner mehr auf, seit es angefangen hat zu regnen und ein Sturm das Wasser an die Salonfenster peitscht, der Wachtmeister trinkt aus seinem großen Glas und redet sehr laut von seiner Sammlung in seinem Haus in der Pikardie, ein richtiges Paradies ist das, sagt er, mit Kavallerie-Pistolen, Chassepot-Gewehren für die Infanterie, Artillerie-Musketen, Flinten, Pulverhörnern aus der Zeit von Napoleon dem Dritten und noch ganz vielen anderen Waffen, die man dazu braucht, dass man Leute umbringt, die man nicht kennt. Auch wenn er schon das Alter hat, zu dem man älter sagt, ist er wie ein kleines Kind mit seinem Spielzeug, das piffpaffbumm macht. Seine Augen glänzen, und das Beste ist, dass er den Herrn Truchon so angesteckt hat mit seiner Begeisterung, dass der gar nicht mehr an seine tote Paulette denkt und ihr den Fuß auf die Schulter stellt, wie wenn alles gut ist und sie zusammen einen netten Abend bei ihrem Waffensammlerfreund verbringen. Ab und zu sagt der Wachtmeister Sätze mit Indizien und Andeutungen, so, ich hatte eine schwerwiegende Entscheidung zu treffen, und an dem Tag waren die Waffen mir ein Beispiel mit ihrer Geradheit und ihrer schrecklich menschlichen Art, ohne Reue zu schießen. Man merkt ganz genau, wie sehr er sich wünscht, dass er nach der schwerwiegenden Entscheidung gefragt wird, aber Herr Truchon fragt nichts, der schaut drein, wie wenn ein Schüler auf das Ende der Stunde wartet, damit er zum gemütlichen Teil übergehen kann. Und wie der Wachtmeister ganz stur noch einmal wiederholt, dass es eine schwere Entscheidung war und dass keiner das Recht hat, ihn dafür zu verurteilen, frage ich ihn halt, also wenn die Frage gestattet ist, Herr Wachtmeister, würden Sie uns sagen, was für eine mutige Entscheidung das war, die Sie so richtig entschieden haben, dass man Sie dafür nicht verurteilen kann? Er stürzt sich auf meine Frage wie ein Hungerleider auf einen fetten Braten und fängt haarklein an zu erzählen und kommt vom Hölzchen aufs Stöckchen, wo wir schon gar nicht mehr hinhören, der Herr Truchon und ich, wegen der Menge. Der Wachtmeister erklärt auf alle möglichen Weisen, was es für eine schreckliche Schande gewesen ist, wie seiner dreizehnjährigen Tochter plötzlich ein Riesenbauch gewachsen ist, und da war es doch seine Pflicht Pflicht Pflicht Pflicht. Da endlich stellt Herr Truchon, der fast geplatzt ist, die Frage, was denn für eine Pflicht. Der Wachtmeister holt tief Luft und sagt, dass er seine Tochter, die im siebten Monat war, aus dem Haus jagt. Dann fängt er an zu weinen und zu schluchzen, schlimmer als Martial, und lässt sich überhaupt nicht mehr beruhigen, nicht einmal von Herrn Truchon, der ihn mit einem ganz leeren Blick anschaut, weil ihm die Pistolensammelgeschichte viel lieber ist als die traurige Geschichte von der alleingelassenen Mama mit ihrem Baby. Wer will morgen früh zum Frühstück Butterbrot? frag ich, weil ich mir denke, davon wird vielleicht die Unterhaltung besser, aber der Wachtmeister legt die Finger vor den Mund, wie wenn ihm einfällt, dass er den Gashahn nicht zugedreht hat vor dem Urlaub, und fängt schon wieder an zu weinen und denkt überhaupt nicht an Herrn Truchon, der erst am Abend Witwer geworden ist und dem seine Trauer deswegen viel frischer ist als seine. Und heult und heult, bis die Uhr zwölfmal schlägt, und da rutscht mir blöderweise raus, Mitternacht, die Stunde des Verbrechens. In dem Moment steht Sacha Milou im Salon und schaut den Wachtmeister so an, so ich wars nicht, ich hab nichts gemacht. Wir glotzen alle auf die ungeklärte Leiche, die dem Fußschemel zu Füßen liegt. Ich habe Sacha Milou nur durch Ausschluss erkannt, weil ohne sein rotgoldenes Zirkuskostüm, ohne Haarkleber und orange Schminke sieht der nämlich Sacha Milou genausowenig gleich wie ihr und ich. Er hat einen Pyjama mit Taschen an und eine Sanftheit, die einem schon von weitem auffällt.

»Ich weiß, dass Pistache nicht schlafen kann bei dem Krach von dem Gewitter. Deswegen komm ich ihn holen.«

Pistache hat im Sessel von Monsieur Louis seinen seligsten Hundeschlaf geschlafen, aber von dem Armes Hundchen, kannst gar nicht schlafen, komm kuscheln! wird er wach. Lucette sagt immer, Einsamkeit ist schlimmer wie eine Krankheit, weil darüber kann man nur mit Wänden und Haustieren reden.

Sacha Milou setzt sich auf den Kaminsims und drückt den Hund ans Herz. Ist mir gar nicht aufgefallen, dass der auch so traurig war, wie er mit seinem Riesenkoffer und dem Hundekorb ins Haus gekommen ist. Dabei versteh ich viel von der Traurigkeit. Das ist so eine Gabe, dass ich Leute nur sehe und gleich weiß, ob sie traurig sind oder lustig.

Könnte man hier vielleicht Feuer machen? Das kommt von dem Herrn Truchon, der mit seinen feuchten Augen dreinschaut wie ein Welpe, der adoptiert werden möchte. Er nimmt sich selbst in den Arm und macht sowas ähnliches wie brrrr, damit will er uns zeigen, dass das Haus schlecht geheizt ist. Der Wachtmeister will nicht als Frostbeule gelten und sagt, mir macht die Kälte nichts aus, aber ein schönes Feuer würde die Stimmung heben. Mir ist die Stimmung gerade recht, aber ich schaue Herrn Truchon in die Augen und sage, ja, man kann hier Feuer machen, aber das dauert, weil das Holz ist noch nicht gehackt und liegt bis zum Herbst in der hintersten Scheune, ganz hinten beim Friedhof, und draußen ist Sturm und der Mond scheint nicht und es ist finster und wir haben auch keine Salatkisten mehr zum Kleinholzmachen. Weil ich höfliche Reflexe habe, höre ich schon wen sagen, nein, nein, wenn das so kompliziert ist, dann verzichten wir natürlich gern auf das Feuer im Kamin! Aber Herr Truchon sagt, ach, das bisschen Warten stört mich überhaupt nicht. Wegen der Gastfreundschaft, die von einer Wichtigkeit ist, die ihr euch gar nicht vorstellen könnt, sage ich, ich hole gleich die Axt und den Regenschirm, und wenn mich wer begleiten möchte, gibt es noch mehr Holz. Sacha Milou fühlt sich nicht gemeint mit dem Begleiten. Er zeigt dem Hund seine weißgemalten Zähne und sagt, ja, ja, Tatache, uns ist nicht kalt, ich weiß. Der Wachtmeister schaut ganz zuvorkommend drein und sagt zu Herrn Truchon, ich bitte Sie, gehen Sie doch, und da kann man sehen, dass es wichtiger ist, wie man dreinschaut wie was man sagt, weil der Herr Truchon ohne Nachdenken sofort aufsteht und sich beim Wachtmeister bedankt. Dann fällt ihm ein, dass er jetzt das Gewitter abkriegt, er schaut auf seine Frau und zögert lange. »Es ist mir unangenehm, Paulette alleinzulassen.« Und Sacha Milou sagt, die fliegt schon nicht davon, und niemand lacht, weil man kann über alles lachen, aber nicht über Leichen, schon gar keine frischen. Herr Truchon schaut ganz verloren drein und sagt zum Wachtmeister, könnten Sie bitte für mich bei ihr wachen?

Dann sind wir beide los mit der Axt und dem Regenschirm. Es tut mir weh, wie der Regen seinen Anzug nassregnet, einen Anzug, der aussieht wie einer, der gleich ein Haus, einen Wald und einen Teich erben soll. Sie machen sich noch den Saum von Ihrer schönen Hose schmutzig! sage ich zu ihm und spritze ihn unabsichtlich selber mit Matsch voll. Weil in meinem Leben nie was passiert, gefällt es mir, wie wir so unter dem Regenschirm gehen, derweil die Mitternacht uns in ihr Dunkel hüllt und das Gewitter sich um nichts schert, außer dass es uns Dreck an die Füße pappt.

Das Haus bleibt immer weiter zurück, und auf halbem Weg kommt Herr Truchon fast gar nicht mehr weiter, so kleine Schritte macht er. Wir sollten umkehren, sagt er und zieht mich am Ärmel. Seine Schrittchen machen flogflog in den Schlammlachen. Plötzlich wird der Regen zur Böe und reißt mir den Schirm weg, aber weil es so finster ist, kann ich nicht sehen, wohin er fliegt. O, der Regenschirm! sagt Herr Truchon. Wobei das ja im Grunde nichts ändert, weil uns das Wasser sowieso schon durch und durch gegangen ist, ich weiß aber, was dem Herrn Truchon fehlt, nämlich das Beruhigende am Regenschirm. Dann lässt er die Axt in den Dreck fallen und sagt, o, die Axt! Und schlottert, wie wenn er gleich anfängt zu weinen. Statt dass er sich bückt und die Axt aufhebt, die vor seinen Füßen liegt, kniet er sich hin und tappt ohne Sinn und Verstand mit seinen Händen im Matsch herum wie einer, der seine Brille verliert und eine Sterbensangst davon kriegt. Inzwischen hab ich die Axt längst aufgehoben und sag ihm das und zeig sie ihm, trotzdem es stockfinster ist.

7

Wie wir zu der Scheune kommen, wo bis zum Herbst das Holz lagert, schau ich hinauf. Ich hab die Scheune gern, weil man von ihrem Dach den Weg sieht, der von weither kommt. Am Samstag bin ich immer da oben gesessen, manchmal stundenlang, manchmal den ganzen Tag. Manchmal bin ich sogar so lange auf dem Dach gesessen, dass Monsieur Louis gekommen ist und mich bei den Eiern gepackt hat, wie er gesagt hat, wegen der Trödelei und den ganzen Sachen, die zu tun sind auf so einem großen Gut. Der beste Moment war nicht der, wo ich sie gesehen habe, weil das ist viel zu viel, sie in echt sehen und von ihr umarmt werden, vom Küssen ganz zu schweigen. Nein, der beste Moment war davor. Wenn ich auf dem Dach gesessen bin und den Motor gehört habe, den ich aus allen anderen Motoren herauskenne, weil es der von Abdallahs weißblauem Wagen ist. Ich habe die Augen zugelassen, bis sie so gebrannt haben, als ob ich gleich weinen muss, vor lauter Angst, dass ich mich womöglich geirrt habe. Wenn ich es nicht mehr ausgehalten habe, hab ich die Augen aufgemacht, und ja, ich habe mich nicht getäuscht, es ist wirklich Abdallahs Wagen. Dann ist alles gut gewesen, weil nichts Trauriges mehr hat passieren können. Der Wagen ist den Weg entlanggefahren, der sich im Wald zwischen den Bäumen durchschlängelt, da habe ich sie mal gesehen und mal nicht, weil eine Kurve da war, aber ich habe keine Angst mehr gehabt, weil ich nämlich auswendig weiß, wo sie verschwindet und wo sie wieder auftauchen wird, und im Kopf hab ich die Kurven mitgezählt. Am Ende ist der Wagen ganz langsam durch das schöne Eisentor von Monsieur Louis gefahren und neben dem Gemüsegarten stehengeblieben, wo ich von oben die weißblaue Motorhaube hab sehen können. Abdallah ist immer gleich ausgestiegen und um den Wagen herumgegangen, damit er Lucette die Tür aufhält, weil Abdallah ist halt höflich und, wie Monsieur Louis immer gesagt hat, total verknallt, aber meistens hat Lucette die schon selber aufgemacht, sie hat nämlich was gegen Galanterie und sagt, dass man im Leben aufpassen muss bei kleinen Geschenken, dass einem dafür nicht die Freiheit geklaut wird. Lucette hat so gut gerochen, sogar bis herauf aufs Dach. Samstags hat sie immer ein Tupfentuch um den Kopf gebunden, weil sie so schwärmt für die Schauspielerinnen aus den Fünfzigerjahren und genauso sein will wie sie, und ihre Kleider hat sie mit einer Eleganz getragen, dass man die ordinären Sachen, die sie unter der Woche für ihren Beruf angehabt hat, ganz vergessen hat. Ich hab mich gefreut wie verrückt und mich gar nicht rühren können vor Freude, und Lucette hat die ganze Zeit neben dem Wagen auf mich gewartet, wie ich da gesessen bin mit abgeklemmten Beinen und sie angeschaut habe und immer weniger Luft gekriegt habe, je näher ich ihren Küssen war. Ihre Küsse – das kann ich euch nicht erklären, und um ihre Küsse ist es von den ganzen Sachen, die ich euch nicht erklären kann, weil ich halt nicht erzählen kann, besonders schade. Ich habe keinen Vergleich, weil das meine einzigen waren, aber in so was Kleines so viel Freude legen, das würde mich wundern, wenn das sonst noch wer kann.

Das Problem ist, dass in der Scheune keine Scheite lagern, sondern halbe Stämme, also ich fange an zu hacken und spüre, dass mein Rücken das nicht mitmachen will, jetzt, in der falschen Jahreszeit. Das ist was für September, nicht für Mai. Außerdem kann ich Holzhacken nicht leiden. Das sehen die Hirnschüssler gar nicht. Herr Truchon wünscht Feuer im Kamin, wie wenn das kein Umstand ist! Der geniert sich für nichts. Genau wie seine Paulette. Schönes Paar das. Wenn das Vulgäre einen Namen hätte, würde es Truchon heißen. Vulgär ist, wenn sich wer so offensichtlich anstrengt für die Schönheit, dass man am Ende nur die Anstrengung sieht, aber keine Schönheit, sagt Lucette. Deswegen springen einen bei Paulette als Erstes die Brüste an, die viel zu groß sind, die roten Lippen, die viel zu rot sind, und die Dauerwellen, die viel zu wellig sind. Das Vulgäre gibt es nicht nur bei der Schönheit, sondern auch bei der Gesellschaft. Zum Beispiel wollen die Truchons in der Gesellschaft ganz nach oben, trotzdem sie von den Eltern her eigentlich Bauern sind. Dafür haben sie ein rotes Auto, über das ich nicht weiter reden will, und ein türkises Schwimmbad, das aussieht wie eine Bohne, obwohl die Sonne gar nie rauskommt dort in der Gegend, wo sie wohnen, nämlich in der Pikardie, wo auch der Wachtmeister wohnt, wenn ihr versteht, was ich meine. Aber das versteht ihr bestimmt nicht.

Ich bin in die Schweinescheune gegangen, schauen, was dort passiert, aber es ist nichts passiert, weil die sind wie wir und schlafen in der Nacht, nur dass sie es schöner haben, weil sie nah beieinander liegen und sich gegenseitig wärmen. Und das tun sie ganz ohne Gewese und ohne dass sie sich über die drangvolle Enge entrüsten. So Wörter wie Gewese, drangvolle Enge oder entrüsten hat Lucette von ihrem Vater gelernt, einem Witwer mit guten Manieren aus einem guten Milieu, wo alle Sätze lang und schön sind und voller Gewese und drangvoller Enge, dass die Leute aus einem anderen Milieu es gar nicht verstehen können. Dank diesem Milieu kennt Lucette die ganzen Wörter, und ich kenne dank Lucette die ganzen Wörter aus dem guten Milieu. Lucette hat mir auch erklärt, was entrüsten heißt, nämlich wenn man genug Selbstliebe hat, dass man auf die Schweine spuckt, die einem ohne Vorwarnung an den Hintern greifen und nicht dafür zahlen. Was Selbstliebe heißt, habe ich euch schon erklärt, und ich will mich nicht wiederholen. Drangvolle Enge ist, wenn man gern mehr Platz hätte, aber das nicht geht. Zum Beispiel, hat Lucette mir erklärt, ihr Beruf ist die Quintessenz der drangvollen Enge, aber Quintessenz ist eins von den Wörtern, die sie mir nicht erklärt hat, und jetzt ist es zu spät. Wenn ich sage, es ist zu spät, dann meine ich nicht, dass ich zu alt bin, um noch neue Wörter zu lernen, sondern dass Lucette tot ist. Seit sie so ist, nämlich tot, und weil ich nicht anders kann, bin ich so wie sie, nur lebendig, und das ist viel schlimmer. Ich habe lange den Schweinen zugeschaut und Lust drauf gehabt, was zu machen, und das hab ich dann auch gemacht. Ich hab mich zwischen zwei Schweine gelegt, die nicht so ganz aneinandergeklebt sind, und Tränen in den Augen gehabt. Das waren fast Freudentränen, warum, erkläre ich euch später.

Weil ich zwischen den Schweinefüßen so viel Zeit verloren habe, bin ich mit den Scheiten im Arm durch den schwarzen Matsch gerannt. Wie ich den Salon betrete, hockt Martial mit Katze Njama auf dem Sessel von Monsieur Louis. W-w-w-wo ... w-w-w-arst ... d-d-du? fragt er mich und stottert dabei, wie ihr bestimmt gemerkt habt.

Ich sag, hab ich dir nicht gesagt, dass du im Bett bleiben sollst, Martial! Dann fängt er an, von vorn nach hinten zu schaukeln, und ich, der ihn auswendig kennt, als wenn er von mir ist, ich kann euch sagen, er hat eine Heidenangst.

»W-w-w-wa ...«

Warum was? frag ich Martial, der Warum sagen will, aber immer mehr stottert, wenn er sich ärgert.

»Wa-warum liegt s-s-s-sie auf d-d-d-dem Bo-Boden?«

»Sie liegt auf dem Boboden, weil sie totot ist«, sag ich. Martial fängt an zu grunzen, wie er das manchmal macht seit dem Unfall. Der grunzt noch schlimmer wie die Schweine, wenn wir sie hinter die Scheune bringen, um sie mit dem Messer ihr könnt euch schon denken, was. Sogar der Wachtmeister, der als Polizist im Ruhestand ja auch die ganzen schrecklichen Sachen gesehen hat, die Polizisten so sehen, schaut Martial an, wie wenn der eine Gabel in seinem Ohr stecken hat, also so, wie wenn er es nicht mehr aushält. Martial hat sich zu seiner ganzen Größe aufgerichtet, ich kann euch gar nicht sagen, wie groß das ist, weil er sich nie messen lässt, und so steht er neben dem Wachtmeister und schlägt sich selbst mit der Faust, was sehr schlecht für die Gesundheit ist, das hab ich ihm auch schon erklärt. Hör sofort auf mit dem Schlagen, Martial! Aber er macht weiter. Njama kriegt Angst, Martial! Ich habe nicht sagen wollen, der Wachtmeister kriegt Angst, weil sonst ist ihm das peinlich, so bin ich auf die Idee gekommen und hab dem Kater die Angst aufs Fell gedrückt. Martial macht immer noch weiter. Wenn Monsieur Louis dich sehen könnte, Martial ...! Da hört er auf mit dem Schlagen und geht, bevor ich mit meinem Satz zu Ende bin, mit seinem Hinkebein und seinem Gesicht zum Leute-Erschrecken. Er hat Sie hoffentlich nicht zu sehr belästigt, sage ich zum Wachtmeister, der seine Kiefer zusammenpresst, und zu Sacha Milou, der ganz schnell den Rücken von seinem Hund streichelt. Den muss man doch irgendwo unterbringen! schreit der dicke Sacha, wie wenn es pressiert. Er ist doch hier untergebracht, sage ich. In einem Irrenhaus, schreit Sacha, wo man gefährliche Irre einsperrt! Ich weiß, dass man Martial nicht irgendwo unterbringen kann, weil er nämlich kein Teller ist, sondern ein Mensch, und weil man Menschen so gut behandeln soll, wie man kann, aber aus Höflichkeit und Gastfreundschaft sage ich das nicht. Wachtmeister Lyon-Saëck sagt einen ganz langen, schönen Satz, den normalerweise keiner sagen kann, der nicht nach Roman oder Anwalt ausschaut: »Was Monsieur Milou in seiner nur allzu verständlichen Erschütterung Ihnen sagen will, Aimé, ist, dass es schlechterdings unvorstellbar ist, diesen armen Mann mit seinem erschreckenden Äußeren und seinem unvorhersehbaren Benehmen an diesem Ort zu belassen, wenn die Erbschaft erst einmal unter den Erben aufgeteilt ist.« Ich sage, es tut mir leid, wenn Martial Sie erschreckt hat, während ich mit Herrn Truchon Holz holen war. Da stellt der Wachtmeister eine Frage, mit der ich schon ein bisschen gerechnet habe: »Wo steckt er übrigens?«

»Wer denn?«

»Herr Truchon.«

»Der weint.«

»Er weint?«

»Ja, der weint draußen.«

»Bei diesem Gewitter? Der arme Mann! Er holt sich noch den Tod!«

8

Ich habe nicht gut geschlafen. Statt dass er sich vorsichtig bewegt, hat Martial nur gezittert am ganzen Leib. Ich hab ihn ganz fest in die Arme genommen und ihm ein Wiegenlied vorgesungen, das vor langer Zeit extra für mich erfunden worden ist vor langer Zeit. Dabei hab ich aufgepasst, dass ich immer Martial sage statt Aimé, und gehofft, dass er nicht merkt, dass es sich dann gar nicht mehr reimt.

Du kamst zur Welt
Martial
ganz klein, mit Ach und Weh
Ich war selbst
noch ein Kind
mein Prinz
und taufte dich
Martial
zum Trost
wohin ich auch geh
Wie Likör
die gute Fee
Martial
Herzallerliebster
dass in deinem Namen
die Liebe besteh

Auch mit dem falschen Namen geht mir das Lied ins Herz wie ein Messer, kein großes, vor dem man sich fürchtet, mehr wie ein kleines Buttermesser. Da habe ich Martial trösten wollen und jetzt bin ich genauso traurig. Es hat sowieso nicht funktioniert, Martial weint nur noch mehr. Je-je-jeder muss sch-sch-sch-terbähn, schluchzt er. Ja, sag ich, früher oder später muss jeder sterben. F-f-f-früher! Und ich sag, kommt drauf an, Martial, einer früher, der andere später. Ich schau auf mein Bett und warte, dass er nicht mehr an den Tod denkt, damit ich unter die Decke schlüpfen und die Kühle genießen kann, was nur geht, wenn man ein Bett für sich allein hat. Aber es wird immer schlimmer mit ihm, er springt auf und schlottert und schwitzt und stottert herum wie verrückt. »Na komm, Martial, hör auf zu weinen! Ich muss morgen früh raus und alles für die Hirnschüssler herrichten.« Wenn es einem aus gutem Grund schlechtgeht, kann man nicht einfach wem anderen zuliebe machen, dass es einem wieder gutgeht. Martial ist ja nicht so, weil er mich ärgern will. In der Nacht muss er immer besonders dran denken, weil es am Nachmittag passiert ist, kurz vor dem Alleinsein mit der Nacht. Vor zwei Jahren war das, im Juli, es war heiß, und jeder hat überall nach Schatten gesucht wie nach einem Glas Wasser. Sie ist gekommen, mit Schuhen, die die Fersen ganz hoch heben, und einem weißen Kleid, das so kurz wie ein Hemd ist und trotzdem Kleid heißt. Und dann hat sie vergessen gehabt, die dünnen Sachen anzuziehen, die Frauen drunter tragen, damit man den Hintern und die Brust nicht so sieht, und Martial hat seine Hormone gekriegt. Hormone, das ist, wenn du ein Mädchen siehst, und statt dass du denkst, sie ist nett und hat schöne Haare, denkst du sie dir auf den Knien mit deinem Vögelchen im Mund. In Wirklichkeit ist es natürlich kein richtiger Vogel, und Lucette sagt immer, man soll das Kind beim Namen nennen, aber ich finde es viel einfacher, ein Kind beim Namen zu nennen als zu dem Vögelchen anders zu sagen, ihr wisst schon, wie. Martial also hätte gern gehabt, dass eine Frau sein Vögelchen in den Mund nimmt und schüttelt wie einen Pflaumenbaum und es lutscht wie eine Sommeraprikose, der ihr Saft ausrinnt. Martial und ich haben im Gemüsegarten gearbeitet, und die Sonne hat sich direkt auf unseren Rücken gelegt, obwohl sie überall hinkommt. Wir sind ganz erschossen gewesen von der Hitze, Runterschlucken war jedesmal verlorene Zeit, weil wir beide keine Spucke mehr im Mund gehabt haben. Ich sag zu Martial, hast du gemerkt, dass Schlucken weh tut, wenn man nichts zum Schlucken hat? Martial hat nur die Nase gehoben als Antwort, damit er sich nicht überanstrengt. Es war Mittag und eine so kochende Hitze, dass jede Bewegung immer kleiner und langsamer geworden ist wie die zuvor. Sie hat uns eine Weile zugeschaut, auf einen Spaten gestützt, und sich nicht gerührt. Sie war viel schöner, als ihr euch vorstellen könnt. Wenn ihr euch jetzt eine hübsche Frau vorstellt mit einem Kleid am Leib und Absätzen an den Füßen und vergessener Unterwäsche auf der Haut, die weich und warm ist wie Suppe, und von der Hitze geröteten Wangen, dann ist das noch lang nicht so schön wie Lucette. Sie ist gerade vierzig geworden, und mit vierzig sagt man zu einer Frau normalerweise, sie ist noch eine schöne Frau, wenn man meint, sie ist nicht mehr so schön wie früher, aber Lucette ist von Jahr zu Jahr immer schöner geworden. Und das ist schon so lange so gegangen, dass ich gedacht habe, das mit dem Schöner-und-schöner-Werden hört überhaupt nicht mehr auf. Ich sag immer Lucette, weil erstens ist das ihr Vorname, und dann sind wir auch nicht weit genug auseinander, dass ich zu ihr Mama sagen kann. Damit man Mama sagen kann, muss man mindestens sechzehn Jahre auseinander sein, weniger ist Sünde, besonders, wenn man weiß, wie man Kinder macht. Ich muss auch nicht unbedingt Mama sagen, weil das sagen eh alle anderen Kinder. Und Spitznamen kann ich nicht leiden. Monsieur Louis hat immer Mémé zu mir gesagt, um mich zu ärgern, geh die Schweine füttern, Mémé, geh die Allee harken, Mémé, geh Betten machen für die Hirnschüssler, Mémé, geh Holz hacken, Mémé, obwohl er genau gewusst hat, dass ich Aimé heiße und dass ich Holzhacken hasse wie die Pest. Lucette ist ein hübscher Name und auch das größte Kompliment, das ich machen kann, weil alles, was ich von der Liebe weiß, Lucette erfunden hat. Sie steht also nur so da, auf den Spaten gestützt, und tut nichts, und schon ist man mit dem Herzen bei der Arbeit, also ich bei meiner, weil Martial hat ja seine Hormone, und wenn ich ihn so sehe mit der Beule in seiner Hose, glaube ich, dass sein Herz ganz woanders ist. In dem Moment schreit Monsieur Louis aus dem Fenster: »Pipette!« Monsieur Louis hat immer Pipette zu Lucette gesagt, ich weiß nicht, ob ihr versteht, warum, aber wenn ihrs versteht, dann versteht ihr auch, warum ich Monsieur Louis nicht leiden hab können. Lucette lässt den Spaten fallen, schaut mich an mit ihrem Tupfentuch in den Haaren und ihrem roten Kussmund und all dem anderen Schönen, was sie immer an sich gehabt hat, und sagt, ich komm bald wieder. Und ob ihrs glaubt oder nicht, das ist immer das Sicherste in meinem Leben gewesen, dass Lucette jedesmal, wenn sie gesagt hat, sie kommt, auch immer gekommen ist, genau wie sie es versprochen hat. Martial ist ganz böse geworden. Warum, hat er gefragt, ganz ohne Stottern und ohne dass er gewusst hat, dass es das letzte Mal ist, dass er was ohne Stottern sagt, warum immer Monsieur Louis? Bin ich ihr nicht gut genug? Dann hat er mich angeschaut und gesagt, pah, ich habe auch ein Recht darauf! Sie ist doch eine Nutte! Und weil Lucette von Beruf Nutte gewesen ist, habe ich nichts drauf gesagt und weitergegraben. Martial hat es schon einmal gemacht gehabt, mit der kleinen Claude, die immer die Eier von unseren Hühnern gekauft hat, und noch ein anderes Mal, aber mit wem, erzähle ich nicht, weil es kein wer war, sondern ein was, aber ich gebe euch einen Tipp: Es wohnt in der Scheune und kriegt Gerste und Mais zu fressen. Ich habe es noch nie gemacht, obwohl Jeanne, die immer die Hemden von Monsieur Louis gebügelt hat, zu mir gesagt hat, ich bin ein schöner Mann, und wenn es dunkel wird, wartet sie hinterm Friedhof auf mich. Aber ich bin nicht hingegangen, weil immer was zu tun war und ich gut gemachte Arbeit mag.

Lucette geht ins Haus. Die Schaufel hat sie mitten auf dem Weg liegen gelassen, der am Gemüsegarten entlang zum Haus führt, und ich denke an was anderes, wie jedesmal, wenn Lucette mit Monsieur Louis ins Haus gegangen ist. Ich denke an die immer gleichen, viel zu heißen Sommer, wie ich mit krummem Rücken im Gemüsegarten gegraben und Nesseln gerupft hab. Ich denke daran, dass ich schon in dem Gemüsegarten war, wie ich noch ganz klein war, nur das Gemüse, das wir damals gehabt haben, war anders. Ich denke daran, dass ich damals, wie ich noch ganz klein war, kein Geld gekriegt habe für die ganze Arbeit im Gemüsegarten, aber das ist normal, weil Kinder sind ja zum Spielen auf der Welt und zum Plärren und nicht zum Geldverdienen. Ich denke daran, dass ich auch später nie Geld gekriegt habe, der einzige Unterschied war, dass ich größer geworden bin und kein

Kind mehr war. Monsieur Louis hat gesagt, das ist normal, weil ich kriege ja freie Kost und Logis plus Wäsche von ihm, da braucht er mich nicht auch noch bezahlen. Aber das mit der Wäsche ist nicht wahr, weil ich die Wäsche immer selber gewaschen habe. Und das mit der Kost stimmt auch nicht, weil ich hab ja Essen gemacht. Gut, das mit dem Logis ist wahr, aber eigentlich hab ich da gar nicht wohnen wollen, sondern bei Lucette in der Stadt, aber Lucette hat gesagt, das geht nicht, weil sie nur ein Zimmer mit einem Bett drin hat, und das braucht sie für ihre Arbeit. Martial hat gar nicht mehr gegraben und einen Fleck auf dem Hosenschlitz gehabt. Er hat gewartet, dass Lucette wiederkommt, die Hände in die Seiten gestützt und sinnlos verschwitzt, weil er ja nicht gearbeitet hat, und mit einem ganz dummen Blick, der noch gefährlicher war als dumm, in den Augen, die beide noch funktioniert haben, weil das ja noch vor dem Unfall gewesen ist. Wie Lucette zurückkommt, hat sie ihr Tuch verloren. Ich sage das so, aber es ist nicht wahr, sie hat es nicht wirklich verloren. Einmal habe ich ihnen zugeschaut, wie sie es gemacht haben, weil ich neugierig gewesen bin und eifersüchtig. Ich bin die Treppe rauf in den großen Flur, wo die aufgespießten Schmetterlinge und Tierköpfe an der Tapete hängen, und dort bin ich vor dem Zimmer von Monsieur Louis stehengeblieben. Alles natürlich auf Zehenspitzen, weil ich kein Recht dazu gehabt habe. Ich habe durchs Schlüsselloch schauen wollen, aber das war gar nicht nötig, die Türe ist nämlich ganz weit offen gestanden, wie wenn gar nichts ist. Da hab ich gesehen, dass Monsieur Louis, wie es vorbei war, das Tupfentuch von Lucette genommen hat, um sich das abzuwischen, was man beim Namen nennen soll, wenns ein Kind ist, aber wenns keins ist, anders. Deswegen hat Lucette dann kein Tupfentuch mehr gehabt und einen schmutzigen Mund mit Lippenstift drumrum. Martial schaut Lucette an und schreit, komm mit mir in die Schweinegerste! Aber Lucette hat das nicht wollen. Martial sagt, komm mit mir zu den Schweinen, sonst! Was sonst, du Dummerjan? hat Lucette gesagt. Weil die Männer immer so gemein gewesen sind zu ihr, hat Lucette so eine Art gehabt, dass sie immer Widerworte gibt. Martial hat keine Widerworte. Bei dem ist alles, was er nicht im Kopf hat, in den Armen. Und als Hohlkopf hat er ganz dicke Arme. Um Martial richtig zu beschreiben, würde ich sagen, er ist blöde. Das sage ich nicht aus Gemeinheit, aber wenn man nur die Intelligenz nimmt, dann ist bei ihm, das muss man sagen, keine da. Er hat Lucette am Arm zur Schweinescheune gezerrt. Dann war ich nicht mehr dabei. Ich habe den Hühnern Mais gegeben. Ich habe die Allee geharkt. Ich habe das Auto von Monsieur Louis mit Wasser, Seife und einer blauen Flüssigkeit für die Fenster geputzt. Und wie ich mit dem Schwamm bei der Motorhaube bin, schreit Martial, als wenn ein Schwein ihm draufsteigt. Da hab ich mich gefragt, ob ich hingehen soll und schauen, was passiert ist, oder erst die Vogelkacke von der Motorhaube wischen. Und habe beschlossen, dass ich erst die Motorhaube wische, weil ich gut gemachte Arbeit mag und Monsieur Louis halbe Sachen nicht leiden kann und seinen Wutausbruch kriegt. Also wische ich weiter, da schreit Lucette ganz lang und hört überhaupt nicht mehr auf. Das war der längste und der schrecklichste Schrei in meinem Leben. Da bin ich so schnell ich konnte dorthin gerannt, von wo es geschrien hat, und Monsieur Louis auch, weil Monsieur Louis zwar nie wen geliebt hat, aber von allen Menschen der Erde war Lucette am nächsten dran. Wie wir zur Schweinescheune kommen, sitzt Martial hinterm Koben, und das Blut rinnt ihm aus der Schläfe wie einem angeschossenen Reh. Es ist eine große Dummheit gewesen, was Martial da gemacht hat. Er hat es mit Lucette machen wollen, und die hat ihm Widerworte gegeben. Das hat dem Martial nicht gepasst, deswegen hat er die ganze Kraft zusammengenommen, die Gott ihm gegeben hat und die er normalerweise für die Wildschweine braucht, die die Kunden von Monsieur Louis erschossen haben, um sie zum Ausbluten in die Holzscheune zu schleifen, bevor sie zerteilt, gekocht und gegessen werden. Er hat Lucette auf den Boden geworfen, und die hat genau gewusst, warum sie im selben Dreck liegt wie die Schweine, und hat dem Martial ins Ohr gebissen und mit den Zähnen das Läppchen vom ganzen Ohr abgerissen. Dann hat sie es verschluckt, damit es nicht durch ein Wunder der Chirurgie wieder drangemacht wird. Ihr ist es total egal, wenn er verblutet wie ein Schwein, hat Lucette zu ihm gesagt, und dass er sie niemals anrühren wird, weil sie noch immer das Recht hat, zu entscheiden, welches Schwein sie ficken darf und welches nicht. Martial hat rot gesehen wegen den Hormonen, dem Zorn und dem Blut, das ihm aus dem kaputten Ohr geronnen ist. Er hat ein Weckglas aus dem Regal genommen, wo die Weckgläser stehen, und es nach Lucette geworfen. In dem Weckglas ist Schwefelsäure gewesen, die braucht Monsieur Louis zum Düngermachen. Wie wir in der Scheune ankommen, liegt Lucette auf dem Boden und schläft vor Schmerz. Ihr Gesicht schaut aus wie geschmolzen. Da hat Monsieur Louis eine Schaufel genommen und Martial so geprügelt, dass er fast hin war, aber nicht ganz. Du musst schon so stark sein wie Martial, dass du nach der Prügelei noch lebst. Martial ist wie tot dagelegen, und Monsieur Louis hat aufgehört, ihn mit der Schaufel zu prügeln, aber er war noch nicht zufrieden. Er hat ein anderes Weckglas mit Säure aus dem Regal genommen und es Martial an den Kopf geschmissen, und dann war noch ein schrecklicher Schrei zu hören, das war der zweitlängste Schrei in meinem Leben.

Ich bin auf das Dach von der Scheune und habe meine Knie genommen und mich nicht mehr gerührt. So lange, bis die Feuerwehr gekommen ist und mich mit der Leiter, die den Kindern so gut gefällt, von dem Dach runtergeholt hat. Die haben dann gesagt, ich brauche sofort psychologische Hilfe, und gleich am nächsten Tag ist die psychologische Hilfe gekommen, mit Rock und gestreifter Bluse und einer Stimme, die extra so war, dass alles gut wird. Eine sehr hübsche psychologische Hilfe war das, die hat mich mit ihren langen Haaren gleich an Lucette erinnert. Ich bin auf einem Hocker in der Küche gesessen mit Katze Njama, die gemaunzt hat, als wenn sie sagen will, armer Aimé, die will dich nicht mit ihrer Stimme, dem Rock und den langen Haaren trösten. Die psychologische Hilfe hat drauf gewartet, dass ich weine, dann sagt sie, können Sie mir mit Ihren eigenen Worten erklären, warum Sie weinen, Aimé? Da ist die Antwort schon in der Frage dringesteckt, wie Lucette immer gesagt hat: Die psychologische Hilfe hat eine sanfte Stimme gehabt wie Lucette und lange Haare wie Lucette und hat Aimé zu mir gesagt, ohne dass sie das extra gemacht hat, aber sie hat nicht begriffen, wie weh so ein Name tun kann, der zu nichts mehr gut ist. Lucette hat immer gesagt, nur ich trage den Namen Aimé, weil man trägt einen Namen, so sagt man, auch wenn er nicht schwer ist, sondern ganz leicht und nichts wiegt.

Das hat sie immer gesagt, Aimé bin nur ich und sonst keiner, außer dem Heiligen, der am 13. September geboren ist und Einsiedler in einer Gletscherspalte war zu einer Zeit, wo die Religion noch ganz neu war. Und am 13. September hat Lucette immer gesagt, alles Gute, Aimé, mein Lieber, mein Herzallerliebster, und ich bin rot geworden und habe heimlich gelacht. Du wirst ja ganz rot, kleiner Aimé, meine große Liebe, hat Lucette dann gesagt. Und damit hat sie nur mich gemeint.

Das waren zwei bedauerliche Unglücksfälle, hat Monsieur Louis gesagt, der erste ist davon gekommen, dass Martial ein schlichtes Gemüt ist, und der zweite genauso, Martial hat sich die Säure selber ins Gesicht geschüttet und sich mit der Schaufel selber geprügelt. Wie wenn die schlichten Gemüter und die Polizei alles Idioten sind. Aber jeder hat Monsieur Louis das geglaubt, weil Monsieur Louis nämlich ein großer Spender ist, wie die Bronzeplaketten im Rathaus bezeugen, und weil die ganze Wirtschaft von Saint-Benoît-sur-Leuze nur von ihm lebt, wie der Herr Bürgermeister von Saint-Benoît-sur-Leuze sagt, das man nur Sankt Bäh nennt, wenn man Geld hat und aus Paris kommt mit seinen Freunden, um Wildschweine zu erschießen und andere, weniger bekannte Tiere. Martial hat nach dem Unfall angefangen zu stottern und einen Schrecken gehabt vor Spiegeln, Fensterscheiben und Pfützen, die wie Spiegel sind. Immer wenn er sich selber sieht, schreit er. Monsieur Louis hat das neue Gesicht von Lucette nicht ertragen können und Martial zur Strafe nur noch geprügelt. Jeden Tag hat er ihn mit der Schaufel geprügelt. Davon kommt es, dass Martial so hinkt und einen ganz krummen Rücken hat. Von der Schaufel. Lucette war eine Zeitlang im Krankenhaus für den Körper und dann noch eine Zeitlang im

Krankenhaus für die Seele, dann ist sie wieder arbeiten gegangen, aber mit ihrem geschmolzenen Gesicht hat sie keine Arbeit bekommen, weil in ihrem Gewerbe wird viel Wert auf Schönheit gelegt. Wenn du hässlich bist, versuchst du das mit Lippenstift und kleinen, engen Kleidern zu verbessern. Aber Lucette, was sie auch gemacht hat, sie ist nicht mehr schöner geworden, wo sie doch vorher so schön war, ohne was dafür zu machen. Sogar mitten in der Nacht war sie schön oder wenn sie zornig war oder geweint hat, so schön, dass sie gar nicht hat alt werden können. Dabei war sie ja jung, viel zu jung für mich, aber durch die Schönheit hat sie noch jünger gewirkt, und keiner, wenn er uns nebeneinander gesehen hat, hat sich vorstellen können, dass ich aus ihr herausgekommen bin. Sie ist auch nicht aus Herzensfreude wieder arbeiten gegangen, sondern wegen dem Geld, das man zum Leben braucht und an dem es ihr immer gefehlt hat, sogar wenn sie zu den Stoßzeiten gearbeitet hat, das heißt, am Abend zwischen sechs und zehn, wenn die Ehemänner zu ihren Frauen sagen, tut mir leid, mein Schatz, ich habe heute viel zu tun und komme ein bisschen später, warte nicht auf mich mit dem Essen. Das Schlimme ist, dass die Frauen, die keine Ahnung haben, ihren Männern auch noch einen Teller beiseitestellen unter einem karierten Geschirrtuch, und wenn die Männer nach den vielen Liebesdingen mit Lucette hungrig nach Hause kommen, stürzen sie sich auf den Teller unter dem Geschirrtuch und machen sich nicht einmal Gedanken darüber, wie lange es dauert, so ein Frikassee zu kochen. Wegen ihrer Schönheit hat Lucette immer mehr Arbeit gehabt als die anderen Damen, auch wenn sie nicht alles gemacht hat, weil, wie sie immer gesagt hat, man muss ja nicht übertreiben. Das habe ich nie richtig verstanden, wie man Liebe nur halb machen kann, weil ich immer geglaubt hab, drin ist drin, also habe ich mir ein Vögelchen halb drin vorgestellt und deswegen ein paar offene Fragen. Viele von ihren Kunden waren in sie verliebt, was einen nicht wundern braucht, wenn man sie sich bei der Arbeit vorstellt. Aber sie sind alle abgeblitzt, weil Lucette keinen geliebt hat außer mir. Einer ist nur halb abgeblitzt, mit dem hat sie ganz Liebe gemacht. Aber Liebe machen ist ein falscher Freund, sagt Lucette. Nur weil man sagt, Liebe machen, macht man noch nicht, was man sagt, und die Mädchen, die Freudenmädchen heißen, wissen das am allerbesten. Den Herrn, der ihr sein Vögelchen ganz hineingesteckt hat, habe ich einerseits nicht leiden können, weil er von Lucette Liebe gekriegt hat, andererseits schon, weil er nett zu ihr war und wunderbare Dinge zu ihr gesagt hat, zum Beispiel, wie hübsch du bist für dein Alter, oder du bist so weich wie Pfirsichhaut oder du wiegst ja gar nichts und ganz viele andere Komplimente, die man zu Frauen sagen soll, wenn man eine Liebe für sie hat. Deswegen hat Lucette oft zu mir gesagt, weißt du, Aimé, Herr Hi behandelt mich nicht so wie Dreck, da fühle ich mich als Mensch. Das ist nicht zum Lachen, Herr Hi heißt wirklich Herr Hi, und der Name kommt sogar aus Asien, aus der Gegend von China. Vielleicht hat er auch einen Vornamen wie Michel oder André gehabt, aber bei Lucette hat er immer nur Herr Hi geheißen. Lucette hätte gern geheiratet und in einer Wohnung mit Balkon und mit mir gewohnt und natürlich auch mit Herrn Hi, auch wenn wir uns das nicht hätten aussuchen können, ob wir ihn behalten oder nicht. Er hat immer zu Lucette gesagt, mach dir keine Sorgen, ich hol dich da raus, aber weil Lucette ja immer Widerworte gehabt hat, hat sie gesagt, ich möchte von dir nicht da rausgeholt werden, sondern dass du mich heiratest und dir ein Appartement mit drei Zimmern und offener Küche nimmst, das groß genug ist für meinen Sohn und mich. Und weil er verliebt war, hat er ja gesagt, ja, nächstes Jahr, das verspreche ich dir, Liebste, aber weil er feig war und nicht reich genug für ein Appartement mit drei Zimmern und offener Küche, hat er im Jahr drauf wieder gesagt, nächstes Jahr, Liebste, und weil Lucette lieber weiter gehofft hat, hat sie gesagt, einverstanden, mein Liebling, und im Jahr drauf war es vorbei mit Heiraten. Wie sie mit ihrem geschmolzenen Gesicht in den Puff zum Blauen Engel gegangen ist, wo Sacha Milou die Kasse bewacht und seine dicken Dinger nie von seinem Hirschlederhocker hebt, hat Pistache gejault und Sacha Milou gebrüllt, dass sie Pistache erschreckt hat und dass er gar nicht wissen will, was passiert ist, jedenfalls war es unverzeihlich, ihr Arbeitswerkzeug so zu verhunzen, dass keiner es mehr mit ihr machen will, und dass ihn ihr Zimmer, das sie jetzt ja gar nicht mehr braucht, zuviel kostet, also soll sie ihre Siebensachen packen und spätestens am Abend verschwunden sein. Lucette hat ihren Koffer gepackt und Sacha Milou um ein bisschen Geld gebeten, der hat ihr einen Schein gegeben und gesagt, für den Neuanfang. Es hat aber keinen Neuanfang gegeben, weil Herr Hi, der wie jeden Montag, wenn sie von Saint-Benoît-sur-Leuze zurück war, gekommen ist, um es mit ihr zu machen, lauter gejault hat als Pistache und wieder gegangen ist, ohne irgendein nettes Wort zu ihr zu sagen oder sie zu trösten. Lucette hat nicht verstehen können, dass Menschen so verkommen sind. Sie hat nicht mehr erwartet, dass er sie heiratet und ein Drei-Zimmer-Appartement mit offener Küche mietet, aber ein bisschen Mitgefühl hat sie sich schon erhofft. Mitgefühl ist, wenn man ein ganz kleines bisschen leidet, damit man wem anderen, der sehr viel mehr leidet, eine Freude macht. Sie hat ohne Ende geweint, ich war dabei und habe die Pfütze aus lauter Tränen auf ihrem blauen Wollkleid gesehen. Für mich wird sie immer die Schönste sein, hab ich zu ihr gesagt, weil das Schönste ist nämlich die Liebe, und sie ist voller Liebe vom Kopf bis zu den Zehenspitzen, und das sieht man, wenn man sie anschaut. Ich liebe dich so sehr, Aimé, mein kleiner Aimé, hat sie gesagt, ich hätte dich so gern mein ganzes Leben bei mir gehabt und nicht bei Monsieur Louis gelassen, aber ich war so jung, weißt du …! Und dann hat sie mir das Wiegenlied vorgesungen, das ich auswendig kenne, aber jedes Mal wieder wie zum ersten Mal höre.

Du kamst zur Welt
Aimé
ganz klein, mit Ach und Weh
Ich war selbst
noch ein Kind
mein Prinz
und taufte dich
Aimé
zum Trost
wohin ich auch geh
Wie Likör
die gute Fee
Aimé
Herzallerliebster
dass in deinem Namen
die Liebe besteh

Sie ist in einer gesprächigen Stimmung gewesen. Weißt du, Aimé, hat sie gesagt, man soll sich im Leben nie belügen und keine Geheimnisse haben voreinander. Sie hat es für eine gute Idee gehalten, dass sie mir ihr schlimmstes Geheimnis verrät, aber wenn ich dran denke, glaube ich, es gibt Geheimnisse, die man lieber geheimhalten soll. Sie wollte es mit Glacéhandschuhen anfassen, wie man so sagt, aber ihr Geheimnis ist keines für Glacéhandschuhe gewesen. Weißt du, Aimé, hat sie gesagt, als ich dich zur Welt gebracht habe, war ich dafür noch viel zu jung. Ja, ich weiß, hab ich gesagt, weil das hat sie mir schon so oft erzählt, dass ich nicht mehr überrascht hab tun können. Hast du dich nie gefragt, warum ich dich schon so früh bekommen habe, mit vierzehn, wenn andere Mädchen noch mit Puppen spielen? Doch, hab ich gesagt, ich hab dich auch gefragt, und du hast drauf gesagt, du hast es nicht erwarten können, dass du mich kennenlernst. Da hat sie ganz genervt dreingeschaut und gesagt, ja, aber da warst du doch erst zehn, und jetzt bist du sechsundzwanzig. Ja, Lucette, jetzt bin ich sechsundzwanzig, hab ich gesagt. Und mich gefragt, was ich denn hätte tun sollen die ganze Zeit, außer auf dem Dach sitzen und drauf warten, dass sie am Samstag in dem weiß-blauen Auto von Abdallah ankommt.

»Ich habe dir von meinem Papa erzählt, erinnerst du dich?«

»Ja, der war Polizist.«

»Und ich habe dir erzählt, wie ich von ihm weg bin ...«

»Ja, weggelaufen.«

»Ich meine ... in welchem *Zustand.*«

»In einem schlechten.«

»Nein, Aimé, hör zu, ich war schwanger.«

»Ja, stimmt, das hast du mir schon gesagt.«

»Und hast du dich nie gefragt, wer es war?«

»Wer was war?«

Ich glaube, ich hab ihr nicht sehr geholfen, aber ich habe auch gar keine Ahnung gehabt. Sie hat meine Hand losgelassen. Manchmal nimmt man wen bei der Hand, weil man was Schwieriges sagen will, und manchmal ist das, was man sagen will, so schwierig, dass man gleich wieder loslässt zum Zeichen, dass gegen die Art von Kummer nichts hilft. Sie hat ganz stark geatmet, wie wenn sie untertauchen will, und dann hat sie gesagt, mein Vater hatte einen Bruder namens Anselme. Mit dreizehn habe ich die großen Ferien bei ihm und seiner Frau Denise verbracht, weil dein Großvater krank war, er war depressiv. Und Anselme hat was gemacht, was er nicht hätte mit mir machen dürfen.

Ich hab sie angelächelt. »Und was hat der Anselme gemacht, was er nicht hätte machen dürfen?« Da hat sie mich auch angelächelt und meine Haare gestreichelt und nichts gesagt.

Aber ich weiß trotzdem, was dieser Anselme gemacht hat, ich bin ja nicht blöd.

9

Ich hab in der Nacht kein Auge zugetan, also hab ich in der Früh auch keins aufmachen müssen. Martial ist irgendwann endlich eingeschlafen gewesen, und ich hab im Schein der Lampe lange sein Gesicht angeschaut. Davon ist es nicht schöner und nicht hässlicher geworden, es war halt sein Gesicht. Dann hab ich die Lampe ausgemacht. Was gut ist in der Nacht, ist, dass es da finster ist. Bei den Hirnschüsslern in der Stadt ist es nie so finster wie bei uns, da ist immer eine Laterne an oder ein Ladenschild als Nachtlicht. Bei uns auf dem Land ist die Finsternis farblos und grenzenlos. Da kann alles Mögliche passieren, was man nicht sieht.

Wie ich zum Frühstück runterkomme, bin ich nicht der Erste, da sitzt nämlich schon der Wachtmeister in Monsieur Louis seinem Sessel. Der geniert sich vor überhaupt nichts, denke ich. Frau Truchon hat sich nicht wieder erholt in der Nacht. Sie schaut immer mehr aus wie die Leichen im Fernsehen. Da glaubt man immer, im Fernsehen ist alles falsch, aber in Wirklichkeit ist es genau andersrum, weil die echten Leichen nämlich nicht richtig ausschauen.

»Guten Morgen, Herr Wachtmeister. Haben Sie gut geschlafen?«

»Wann kommt denn der Notar? Es ist nach neun!«

Ich kann es nicht leiden, wenn Leute auf eine Frage keine Antwort geben. Er schaut in eine Jagdzeitschrift und nicht mich an, wenn er mit mir spricht. Er blättert in den Tipps für Jäger herum und macht ein Gesicht, wie wenn er mit sich zufrieden ist, aber nicht mit mir. »Haben Sie es eilig?«, frage ich zum Spaß. Ich sage euch später, warum.

»Nein, nicht besonders, aber ich habe die weite Reise nicht gemacht, um Jagdzeitschriften zu lesen!«

»Und wozu haben Sie dann die weite Reise gemacht, Herr Wachtmeister?«

»Na, wegen der Erbschaft!«, sagt er, wie wenn ihm schon alles gehört.

»Und was wollen Sie haben, Herr Wachtmeister, wenn die Frage erlaubt ist? Das Haus, das Geld, den Wald mit den Wildschweinen?«

Da schaut er mich ganz polizeimäßig an. Um das Thema zu wechseln, sag ich, Herr Truchon ist heute Nacht spät nach Hause gekommen und war ganz nass. Zwangsläufig, hat der Wachtmeister gesagt, bei dem Regen! Und bei den vielen Tränen! hab ich gesagt. Er schaut auf seine Uhr und zieht ein Gesicht, wie wenn er die Zeit nachrechnet.

»Schlafen die da oben noch? Um achtzehn Uhr treffe ich mich mit dem Lieferanten für Célines Hochzeitsessen. Um den reißen sich alle. Ich will den Termin auf keinen Fall verpassen.«

»Es kann durchaus sein, dass Sie ihn trotzdem verpassen.«

»Wie bitte?«

»Ich meine, bis die ganzen Papiere ausgefüllt sind und sich alle einig sind, wer was erbt ...«

»Aber wir wissen doch schon genau, wer was bekommt, mein armer Freund! Die Truchons, oder besser, der verwitwete Herr Truchon ... Gott sei der Seele seiner armen Gattin gnädig ... wird mit mir die Jagd übernehmen, Herr Milou, der lieber sein ... Geschäft ... behalten will, erbt die Immobilie, und der andere Herr, dessen Namen ich nicht richtig verstanden habe, nimmt das, was übrigbleibt ... die Ersparnisse von Monsieur Louis, seine Waffenfabrik, die Schweinemast, den Teich und was weiß ich noch alles.«

Die Immobilie, das heißt, das Gut. Ein kompliziertes Wort für ein normales, das jeder kennt. Es gibt Leute, die nehmen absichtlich die komplizierten Wörter, auch wenn sie die normalen kennen. Komplizierte Wörter sind keine Schimpfwörter, aber sie beleidigen einen mehr wie Blödian oder Trottel oder die ganzen Tiernamen. Solche Leute nehmen absichtlich die komplizierten Wörter, weil sie dir damit zeigen wollen, dass sie was sind, und du bist weniger. Lucette sagt, Sprache ist wie eine Art zu gehen, daran sieht man, wo du herkommst, und vor allem, wo du nicht herkommst. Lucette kommt gleich von zwei Orten, weil sie nämlich eine gute Erziehung bei ihrem Vater gehabt hat und dann fünf Jahre eine schlechte bei Pflegeeltern, die sie aber nicht gepflegt haben, wie der Name eigentlich sagt, sondern mit einer Latte geschlagen.

In dem Moment zieht der Wachtmeister den Rotz hoch.

»Rinnt Ihnen die Nase, Herr Wachtmeister?«

»Wie bitte?«

»Ich habe gefragt, ob Ihre Nase rinnt.«

Da hält er sich gleich die Hand vor die Nase und sucht mit der anderen in seiner Tasche nach einem Taschentuch und schaut peinlich berührt drein, weil es stört die Leute nicht immer, wenn sie das Leben von anderen Leuten kaputt zu machen, aber es stört sie immer, wenn ihnen was Gelbes aus der Nase rinnt.

Sacha Milou kommt mit Hemdbrust herunter und gähnt, hat aber keine Hand mehr frei zum Vorhalten, weil er mit beiden Händen Pistache trägt.

»Entschuldigen Sie, dass ich mir die Hand nicht vorgehalten habe.«

»Haben Sie gut geschlafen, Herr Milou?«

»So gut man schlafen kann mit einer Leiche im Parterre!«

Dabei schaudert er so, dass das Fett an seinen Armen wabbelt.

»Was haben Sie denn für eine schöne Tätowierung da am Arm, Herr Milou?«

Noch bevor ich ausgeredet habe, hat er schon seine Finger auf die Stelle gelegt, wie wenn ihn eine Wespe gestochen hat.

»Großer Gott, nichts Besonderes, eine Jugendsünde.«

»Ist das nicht ein Name?«

»Nein. Oder ja, ein Name, aber von niemand Bestimmtem.«

»Ah.«

»Nein, nein, von niemand Bestimmtem!«

Er fährt dem Pistache mit seinen goldenen Ringen durchs Fell, und Pistache schaut drein, wie wenn er es nicht mehr aushält, weil das den ganzen Tag so geht mit der Streichelei.

Wir schauen alle drei auf Frau Truchon, weil du kannst gar nicht nicht auf eine Leiche schauen, wenn eine auf dem Fußboden liegt.

»Ich habe bei der Rettung angerufen, dass sie sie holen kommen.«

»Haben Sie Herrn Truchon Bescheid gesagt?«

»Das war nicht möglich, er hat nur geweint.«

»Aber Aimé! Das ist doch das Erste, was man tun muss!«

»Tut mir leid, Herr Wachtmeister. Ich werde mich gleich bei ihm entschuldigen, wenn er die Treppe runterkommt.«

Sacha Milou ist das mit der Rettung egal. Ich schaue seine Hand an, weil es kaum zu glauben ist, wie viel man so einen Hund streicheln kann.

»Sagen Sie mal, Modeste, schläft der Herr mit den Augen noch?«, fragt Sacha Milou und zieht mit zwei Fingern an seinen Augenwinkeln, dass sie wie Chinesenaugen sind.

»Mein Name ist nicht Modeste, Herr Milou, ich heiße Aimé.«

»Ach ja! Modeste ... Aimé ... Das ist doch Jacke wie Hose.«

»Warum sagen Sie Jacke wie Hose?«

Der Wachtmeister kratzt sich am Hals als Zeichen, dass es ihm peinlich ist.

»Ich meine, dass ... Jacke wie Hose, das ist wie Marcel oder André oder Martha oder Gilberte oder Hans oder Franz, verstehen Sie?«

»Nein, ich verstehe gar nichts.«

Der Wachtmeister hustet mit seiner ganzen Polizeigewalt.

10

Ich habe die Zeit genutzt, die wir auf Herrn Truchon und auf den anderen Erben mit dem ganz kurzen Namen und auf den wohltätigen Sanitäter und auf den tapferen Notar gewartet haben, und habe den Frühstückstisch schön gedeckt. Es tut gut, wenn man einen Frühstückstisch betrachtet, wo alles nach den Regeln der Tischkunst gedeckt ist, die nicht so bekannt ist wie die Malerei, aber praktischer für ordentliche Menschen, die nicht so einen Sinn für Farben und Schönheit haben. Im Fernseher von Monsieur Louis habe ich einmal englischen Haushälterinnen zugeschaut, wie sie den Frühstückstisch decken, weil in England ist das Frühstück nämlich das einzige essbare Essen. Die englischen Haushälterinnen lieben ihren Beruf mehr als ihre Mutter, aber weniger wie ihre Königin, deswegen stellen sie das Geschirr und alles so auf, wie es der Königin gefällt. Damit sie sich nicht irren, messen sie den Abstand mit einem Holzlineal. Ein Zoll zwischen Tasse und Löffel, ein halbes Zoll zwischen Gabel und Messer, drei Zoll fünfzig zwischen Serviette und Tellerrand, zweieinviertel Zoll zwischen Teller und Tischrand, und ein Fuß vierzig zwischen dem Saftglas und dem Saftglas auf dem Nachbarplatz. Das war meine liebste Sendung in meinem ganzen Leben, und in der Nacht hat mir oft geträumt, dass ich in England Frühstücksausmesser vom Dienst bin. Einmal hab ich sogar geträumt, ich bin der offizielle Frühstücksausmesser bei der Königin, was ganz schön hochmütig ist, aber Lucette sagt immer, Hochmut hilft gegen Selbstmord und Seelenweh, und man soll immer ein bisschen was davon bei sich haben für die Tage, an denen das Leben es übertreibt. Ich habe Monsieur Louis gefragt, ob ich ein Holzlineal haben kann wie die Haushälterinnen im Fernsehen. Aber Monsieur Louis hat gesagt, nein, bei uns geht es rustikal zu, das wollen die Hirnschüssler hier finden, das Rustikale, und nie und nimmer Geschirr von der englischen Königin. Trotzdem es verboten ist, messe ich heimlich mit den Fingern nach, auch wenn das Heimliche gar keinen Sinn mehr hat, weil Monsieur Louis, wie ich schon öfter erwähnt habe, tot ist.

»Um wieviel Uhr kommt der Notar?«

Das ist der Beweis, dass es den Sacha Milou auch ziemlich interessiert, wann der Notar endlich kommt. Er schaut auf den Frühstückstisch und reibt sich den Bauch wie ein hungriger Bär aus dem Zeichentrickfilm.

»Um elf Uhr, Herr Milou.«

Ich habe das zu Herrn Milou gesagt, aber Herr Lyon-Saëck schreit als Erster: »Um elf? Machen Sie Witze? Warum nicht gleich mittags? Oder erst um Mitternacht, wenn wir schon dabei sind?«

»Tut mir leid, Herr Wachtmeister, aber wie ich schon gesagt habe, wollte ich den Herrschaften Zeit lassen, sich im Angedenken von Monsieur Louis zu sammeln.«

»Sammeln! Wir sind doch schon alle versammelt! Um elf! Ich werde meinen Termin mit dem Lieferanten für das Hochzeitsessen verpassen, so einfach ist das!«

»Ja, mein Herr, auch das habe ich Ihnen schon gesagt!«

Er hebt die Hand, ich denk schon, er will mich schlagen, aber er greift nach der Suze-Flasche auf dem Kamin. Um nicht noch mehr Öl ins Feuer zu gießen, sage ich zu ihm, dass er doch heute nur den Lieferanten verpasst. Ich sage euch später, warum, aber erst will ich die Geschichte so erzählen wie Lucette, mit Süß-Pence und ganz harmlos.

»Céline wird toben! Ich muss unbedingt diesen Lieferanten verpflichten und sonst keinen. Das mag unwichtig erscheinen, aber es ist wichtig.«

»Ja, Herr Wachtmeister, da haben Sie Recht, unwichtig ist das richtige Wort.«

Der Wachtmeister schaut mich misstrauisch an, wie wenn ihm gerade durch den Kopf geht, dass ich vielleicht nicht ganz so blöd bin, wie er denkt. Er setzt den Suze-Flaschenhals an den Mund und schaut uns an wie ein Kranker, den man nicht in Ruhe seine Medizin nehmen lässt.

»Wenn die Damen und Herren vielleicht am Frühstückstisch Platz nehmen wollen?«

So sagt man es richtig, aber eigentlich ist ja gar keine Dame dabei, weil die in unserer Geschichte hat jetzt ungefähr so eine Temperatur wie der Teich. Als Kundgebung seines Missfallens verschränkt der Wachtmeister seine Arme und tut so, wie wenn er die guten Sachen zum Essen gar nicht sieht. Normalerweise machen sowas ja kleine Kinder. Aber Lucette sagt immer, je älter einer wird, desto blöder wird er auch wieder, bis er so dumm ist wie ein Esel. Angewidert schaut der Wachtmeister dem dicken Sacha Milou dabei zu, wie der frische Croissants und Brot und Schokoladenmilch in seinem großen Maul versenkt, das gar nicht mehr aufhören kann zu grinsen vor lauter Freude.

»Und die da oben schlafen noch wie die Säcke!«

Der Wachtmeister schaut mich böse an, wie wenn ich was dafür kann, dass die anderen Hirnschüssler nicht rechtzeitig aufwachen.

»Das macht die gute Landluft, Herr Wachtmeister.«

Die Uhr schlägt und sagt uns damit, dass es schon eine halbe Stunde nach neun ist, ohne zu bedenken, dass der Wachtmeister jetzt noch mehr seufzt. Sacha fängt mit seinem vollen Mund zu reden an, wo auf den Zähnen weißer Matsch von den zermanschten Croissantbröseln pappt.

»Ich habe nie eins von meinen Mädels verheiratet. Heiraten finde ich grauenhaft. Ich sag ihnen immer: Wenn ein Kerl was von euch will, sagt immer ja, dann steht euch seine Börse offen. Außer wenn einer euch heiraten will, dann wartet ihr, bis er gezahlt hat, und sagt dann nein.«

Zum Spaß hab ich ihn gefragt, wie viele er hat. Da schaut er Pistache an, ob der was drauf sagt.

»Na, Pistache? Dann schauen wir mal ... wie viele sind es denn? Das ist gar nicht so einfach ... das Problem ist, dass ein paar voll machen und manche nur halb ...«

»Wenn Sie zwei halbe zusammenzählen, ist das doch eine ganze, also wie viele sind es zusammengenommen?«

»Das ist ein bisschen komplizierter ... Die halben machen die ganze Nacht und bringen fast genauso viel wie die, die voll arbeiten. Und werden weniger krank ... Davon abgesehen sind sie meistens jünger und hübscher und machen natürlich mehr.«

»Was machen sie mehr?«

»Männer! Was glauben Sie denn? Gedichte?«

Der Wachtmeister mit seiner Haltung zieht ein Gesicht, weil das Gesetz respektiert und ein Bordell nicht erlaubt ist.

»Also gut, Sie wissen nicht genau ...«

»Doch, doch, ich weiß es genau. Wenn ich sie zusammenzähle, wie Sie sagen, habe ich ... ungefähr ... elf.«

»Ah, es geht sich also nicht aus?«

»Zehneinhalb ganz genau.«

»Und Sie, Herr Lyon-Saëck, haben Sie auch noch andere Mädels als die, die bald heiraten wird?«

Ui, da hat der Wachtmeister aber böse geschaut!

»Es gibt solche und solche, Sie Hundsfott!«

Pistache kann es nicht leiden, wenn man so von seiner Rasse spricht, und fängt an zu bellen.

»Verzeihung, Herr Lyon-Saëck, ich habe damit nicht sagen wollen, dass Ihre so eine ist, die Geld für was kriegt, was die meisten umsonst machen.«

Man kann ihm ansehen, dass er was Vertrauliches sagen will, der Herr Wachtmeister. Er zögert und mahlt mit dem Mund wie eine Kuh. Er hat sein Suze-Glas auf den Frühstückstisch gestellt und riecht jetzt dran, wie wenn er richtig Angst hat, dass ihm wer heimlich Wasser hineingeschüttet hat. Sacha Milou hat nur die Butterdose und die kleinen Croissants im Sinn, deswegen erzählt der Wachtmeister seine Tag- und Nachtgeschichte vor allem mir.

»Hören Sie, ich werde Ihnen etwas erzählen, um die Zeit totzuschlagen ... Wir haben ja alle eine Moral, Grundsätze, Überzeugungen ... Auch Sie, Aimé, Sie als Erster!«

Wie er sagt, Sie als Erster, denkt er sich natürlich, Sie als Letzter, hat aber Angst, dass man ihm das ansieht. Falls ich aber ein bisschen Moral und ein paar Grundsätze drumrum haben sollte, denkt er, dann ist das trotz meiner Erziehung und dem Milieu.

»Aber in den Prüfungen des Lebens erkennen wir, dass Grundsätze Schall und Rauch sind. Sie helfen einem nicht und martern einen zu Tode, wenn es zu spät ist.«

Verglichen mit den bekannten Märtyrern wie dem Heiligen Bartholomäus, dem sie bei lebendigem Leib die

Haut abgezogen haben, oder dem Heiligen Laurentius, den sie auf einem Grill geröstet haben, wirkt er aber ganz wohlauf, der Wachtmeister Lyon-Saëck.

»Meine Eltern haben meine Berufung nie akzeptiert. Es war ihr Traum, dass ich mir eine Existenz als Arzt oder Anwalt schüfe. Sie haben meine Entscheidung als Beleidigung ihres Standes angesehen.«

Bei dem »schüfe« bin ich zusammengezuckt. Ich habe nichts dagegen, wenn Leute Fehler machen, aber er, der die unmöglichsten Verrenkungen macht, nur um das schönste Französisch zu sprechen, sollte nicht »schüfe« sagen, wo es nicht hingehört. Außerdem habe ich nie begriffen, warum Eltern aus ihren Kindern Ärzte oder Anwälte machen wollen. Wenn ich ein Kind hätte, wäre es mir lieber, es tut nichts und genießt das Leben, oder es wird eine englische Haushälterin, aber warum Arzt oder Anwalt? Dass es sich die ganze Zeit nur mit Kranken oder Akten herumschlägt? Warum soll ich ihm sowas antun?

»Ich war schon seit einigen Jahren im Polizeidienst, als ich Mathilde kennenlernte, die bei mir die Beständigkeit fand, an der es ihr völlig fehlte. Sie wurde schwanger, bevor wir verheiratet waren.«

»Ich habe gedacht, man kann nicht schwanger werden, wenn man nicht verheiratet ist!«

»Das habe ich auch gedacht, Aimé.«

»Und was hat Mathilde gedacht?«

»Nichts. Sie hat nicht gedacht. Ihr Hirn war nicht größer als ein Stecknadelkopf, und ihre Gesundheit war grauenerregend.«

»Und was hat Ihnen an ihr gefallen, wenn es das Hirn nicht war und die Gesundheit auch nicht?«

»Sie war schön, Aimé! So schön, dass Sie es sich nicht einmal vorstellen können!«

»Ah, deswegen haben Sie die Hochzeit nicht abwarten können, um es zu machen. Dann ist das Kind auf die Welt gekommen und groß geworden, und jetzt müssen Sie sich um den Lieferanten für das Hochzeitsessen kümmern!«

»Nein, nein, Aimé, Sie verwechseln das ... Ich hatte mehrere Leben ... Ich habe gerade von meinen ersten Jahren bei der Polizei erzählt, da war ich noch keine dreißig ... Das war lange vor der Geburt meiner Céline, das war wie Tag und Nacht!«

»Ah, wie Tag und Nacht? Wirklich? Also die erste Tochter war schwarz und kalt wie die Nacht und die zweite strahlend und schön wie die Sonne?«

Wie der Wachtmeister das gehört hat, hat er einen Schritt zurück gemacht.

»Ja ... naja ... ich habe die ganze Geschichte aus meinem Leben gestrichen.«

»Es ist bestimmt nicht leicht, Menschen aus seinem Leben zu streichen.«

Er rührt sich nicht, der Herr Wachtmeister. Er schaut mich an und hebt sein Glas, irgendwie komisch, wie so ein Schild zwischen mir und ihm. Dann fängt er wieder an zu reden, aber nicht, weil er was sagen will, sondern nur, damit er wen reden hört, wie ein Kind, das in der Finsternis singt, damit die Finsternis glaubt, dass es sich nicht vor ihr fürchtet.

»Sie müssen bedenken, dass ich nicht in Mathilde verliebt war ... Ich habe für sie nichts ... nichts Höheres empfunden als ... sagen wir, Mitleid ... und was das Kind betrifft, das sie zur Welt gebracht hat, die Kleine ... ich bin nie sehr an ihr gehangen. Sie hatte das Laster im Blut. Schon wenn man sie so in der Wiege liegen sah, konnte man ahnen, dass es mit ihr einmal ein böses Ende nehmen würde. Und als sie das Unverzeihliche beging und einen dicken Bauch bekam, da habe ich auf meinen Mut gehört und sie Adèle anvertraut ... meiner alten Amme Adèle ... zweiundvierzig, aber noch ganz gut in Schuss ... damit sie ein Heim für sie findet, wo man missratene Töchter wieder auf Vordermann bringt. Eines Tages kam sie zu mir und sagte: ›Jacques, ich habe den idealen Platz für die Kleine gefunden.‹ Ich habe ihr genug Geld gegeben, um ein reines Gewissen zu haben. Es war die beste Entscheidung, die ich treffen konnte. Sie ist mir beileibe nicht leicht gefallen, doch ich bin heute noch stolz darauf.«

So stolz, dass er seinen Blick senken muss. Dann hat er noch viel aus seinem Wasserglas getrunken und noch viel erzählt, ich habe ihm aber nicht zugehört, weil ich die wahre Geschichte schon von jemand anders kenne. Ich wollte euch nur die Stelle mit Tag und Nacht zeigen, weil das nämlich nicht geht, dass einer nur wie der Tag ist und einer nur wie die Nacht. Lucette sagt immer, wir sind alle irgendwas zwischen Hund und Wolf. Das heißt, wie wenn man in der Stunde zwischen Tag und Nacht von fern etwas sieht und nicht weiß, ob es ein Hund ist oder ein Wolf.

11

Sacha Milou ist viel zu schnell die Treppe hinaufgegangen für seine Kurzatmigkeit, und wie er wieder herunterkommt, hab ich begriffen, warum sein Koffer zweimal so groß ist wie der vom Herrn Truchon, obwohl Herr Truchon, wie ich schon erwähnt habe, sehr groß ist, und Sacha Milou wiederum ganz klein. Er trägt etwas vor sich her, als wenn man nicht drumrumkommt. Es ist riesig, mit ganz vielen Knöpfen, und schaut aus, als wenn es vom Vater auf den Sohn gekommen ist und schon bei sämtlichen Familienfeiern dabei war seit dem Krieg, egal, was für einem. Einem, den wir gewonnen haben, da bin ich mir sicher, auch wenn Lucette gesagt hat, Kriege kann man nicht gewinnen. Das hat Monsieur Louis sehr geärgert, wenn er es gehört hat. Dann ist er immer aus seinem grünen Sessel aufgestanden und hat Lucette seine Zigarettenschachtel an den Kopf geworfen. »Ah, Kriege kann man also nicht gewinnen. Was weißt du denn davon? Kriege kann man nicht gewinnen! Und was ist das, Pipette?« An der Stelle hat Monsieur Louis jedesmal seinen Schlafrock aufgemacht und ein winziges Ding hergezeigt, das ganz unter den Haaren versteckt war und wie eine Kapuze aus Plastikhaut war, an der Stelle hat ihn nämlich die feindliche Kugel getroffen und ist nie wieder herausgekommen. Sie hat sich in einen Rippenknochen gebohrt, hat er gesagt, und dass er jeden Tag dran leidet, dass sie dort steckt. Und dann hat er von dem Nazi erzählt, der mitleidslos auf ihn gezielt hat. Nazis, das waren damals die Feinde. Das waren Tiere und Monster, und mit den Franzosen hat das gar nichts zu tun gehabt. Weil unter den Franzosen hat es keinen gegeben, der so gedacht hat wie die Nazis oder ihnen auch nur irgendwie geholfen hat. Ich habe mir nicht viel gedacht, wenn Monsieur Louis von dem Nazi erzählt hat, der ihm in die Seite geschossen hat. Ich finde, das kann ja auch ein Souvenir sein, ein Zeichen, dass man ein Held ist, davon kann man noch den Enkelkindern erzählen, wenn man welche hat, aber er hat ja keine, weil er nie geheiratet hat. Er ist aus einer Zeit, wo es keine Liebe gegeben hat zwischen den Eheleuten, ganz anders wie heutzutage, wo Liebesheiraten modern sind und sehr erfolgreich. Aber der arme Monsieur Louis hat auch ohne Liebe keine Frau gefunden. Er hätte Lucette schon gern geheiratet, das Problem war nur, dass Zwangsehen bei uns verboten sind und Lucette gesagt hat, da hänge ich mich lieber auf, bevor ich die alte versoffene Sau zum Mann nehme. Das hat mich traurig gemacht, wie sie das gesagt hat. Weil erstens die Schweine es nicht verdienen, dass man so schlecht von ihnen spricht, und zweitens, wenn sie Monsieur Louis geheiratet hätte, wäre sie immer ganz nah bei mir gewesen, und ich hätte jeden Tag das Gefühl gehabt, es ist Samstag. Was ich mit dem Ganzen nur sagen will, ist, dass es mir ziemlich egal ist, was Monsieur Louis von dem Nazi erzählt, der ihn an der Seite getroffen hat, aber Lucette hat gesagt, der Nazi, der auf Monsieur Louis geschossen hat, heißt Truchon.

Weil es so groß ist und so handlich wie eine Kommode, ist Sacha Milou damit erst jetzt die Treppe heruntergekommen und schnauft für vier. Er grinst uns an, wie wenn er erwartet, dass wir ihn bitten, er soll für uns singen. Wenn man wem so leicht eine Freude machen kann, dann muss ich das einfach tun. »Was für ein hübsches Akkordeon, Monsieur Milou!«, sage ich. »Fänden Sie es zu viel verlangt, wenn ich Sie bitte, ein kleines Stück für den Wachtmeister und mich zu spielen, solange wir auf den Notar warten müssen?« Der Wachtmeister schaut zur Standuhr, legt die Haut auf seiner Stirn in Falten und sagt nicht allzu laut und nicht allzu weit von meinem Ohr entfernt: »Das wird hart, aber wenigstens wachen die oben auf!« Irgendwas wie ein Lachen steckt dabei in seinem Hals. Er hat mir das deshalb ins Ohr gesagt, weil Boshaftigkeiten von Leuten am liebsten großzügig geteilt und ausgeteilt werden. Die Finger von Sacha Milou haben gerade noch im Leeren gespielt, jetzt fällt ihm vor lauter Enttäuschung alles runter, die Augenbrauen, die Backen und die Mundwinkel. »Ich hätte ja gern ein Liedchen gesungen, aber wenn Sie lieber Ihre Ruhe haben wollen, Monsieur ...« Das hat er natürlich zum Wachtmeister gesagt, das »Monsieur«, weil zu mir hat noch nie wer Monsieur gesagt, ich bin vielleicht zu jung, oder mir fehlt irgendwas dafür. Aber Sacha Milou wartet gar nicht, dass der Wachtmeister Ja oder Nein sagt, sondern spielt und singt einfach los, was gar nicht so schrecklich ist, wie wir gedacht haben, der Wachtmeister und ich, sondern ganz wunderbar, der Hals wird einem immer enger und enger, bis man am Ende nur noch in ganz kleinen Zügen Luft holt. Sogar Herr Lyon-Saëck, dem eigentlich alles egal ist, außer dass er den Wald mit den Wildschweinen erbt, hat seine Kiefer aufeinandergepresst. So stehen wir da, weil wir, wie die Musik losging, gestanden sind und es seither unmöglich war, die Beine oder die Augen zu rühren, so sehr hat Sachas Stimme alles um uns herum erfüllt, wie ein Bad aus geschmolzenem Gold oder ein riesiger Wattebausch. In dem Lied ist eine Süße, die mit Freudenschauern in einem hochsteigt und mit dem Schmerz, den die Schönheit macht, wenn sie zu schön ist. Sacha Milou kann den Mund so bewegen, dass er zittert, ohne dass man es sieht. Das klingt wie Weinen, aber viel feiner. Das Akkordeon atmet unter dem Gesang, man kann kaum glauben, dass es ein Akkordeon sein soll, so schön hört sich das an, nie wieder werde ich etwas Schlechtes über das Akkordeon sagen, das ja den gleichen Ruf hat wie die Schweine, nämlich laut und vulgär zu sein. Wenn Sacha Milou singt, ist er überhaupt nicht mehr klein und fett und aufgeschirrt wie ein Zirkuskamel, sondern zum Sterben schön, es fällt einem schwer, ihn so zu hören und gleichzeitig zu hassen. Entweder die Musik hat Recht, und man muss alles verzeihen, oder die schönste Musik der Welt kann dich in das schlimmste Distelfeld stoßen. Wie es zu Ende ist, wollen wir, dass es weitergeht, der Wachtmeister und ich, haben aber nicht mehr genug Platz im Hals, um darum zu bitten. Sacha Milou hat sich auf das Kanapee gesetzt, und ein bisschen was von der Gnade hängt noch an seinen Fingern und seinem Mund, die nicht mehr dieselben sind wie vorher. Gnade ist, wenn alles vollkommen ist und man es nicht fassen kann. Wie ich wieder genug Luft zum Sprechen habe, sage ich zu Monsieur Milou, das ist schon was, wenn man so singen kann. Er hat eine Freude in den Augen und sagt, ich singe oft für meine Mädels, spät nachts, vor Sonnenaufgang, wenn sie müde sind, dann sitzen sie im Kreis vor der Bar im Erdgeschoss, ich singe, und sie schlafen nacheinander ein. Und ich singe so lange, bis die letzte eingeschlafen ist. Sogar der Wachtmeister, der das Gesetz sehr liebt und gegen Bordelle ist, denkt jetzt bestimmt, dass Sacha Milou nicht der Letzte von den Letzten auf Erden ist.

Wir sitzen alle drei in einer Stille, wo jeder weint, aber so tut, als wenn nichts ist, und zur Seite schaut. Dass wir geweint haben, hat das Lied gemacht. Aber im Leben weint man nie wirklich aus dem Grund, den man glaubt. Man weint aus Einsamkeit und weil die Liebe nicht da ist, wie sie sollte, und nimmt jedes traurige Lied zum Weinen. Sacha und der Wachtmeister warten mit verschränkten Armen auf den Notar, ich schaue zum Kaminsims und freue mich, dass Njama sich so gut mit Pistache steht. Wenn Pistache sich kratzt, wartet Njama auf ihn. Wenn Njama sich leckt, kratzt sich Pistache. Wenn Pistache vorangeht, läuft Njama hinterher. Wenn Njama Hunger hat, hat Pistache auch Hunger. Wenn Pistache schläft, tut Njama nichts. Pistache und Njama sind nicht wie Hund und Katze. Sacha ärgert sich, dass sein Hund einen neuen Freund hat. Ihm ist es lieber, wenn Pistache nur Augen für ihn hat, also nimmt er Pistache auf den Arm, um ihn von Njama wegzuholen, und sagt zu ihm, mein kleiner Tatache, merkst du denn nicht, dass Njama ein Kater ist? Pistache sagt nichts dazu, weil er ein Hund ist, aber man sieht es der Trüffel auf seiner Schnauze an, dass er nie wen nach seiner Rasse beurteilt, ob Kater oder nicht ist ihm gleich, wenn er die Gesellschaft angenehm findet, dann reicht ihm das. Sacha Milou holt etwas Gefaltetes aus seiner Tasche.

»Schau mal, Tatache! Schau doch mal, was dein Herrchen da für ein schönes Schriftstück hat!« Pistache versucht sich aus seinem Arm herauszuwinden, weil ihm das schöne Schriftstück schnurzegal ist. Es ist nur ein

Blatt Papier, das man nicht fressen kann, auf dem in fetten Schreibmaschinenlettern draufsteht *Testament von Louis Yoke, geb. in Saint-Benoît-sur-Leuze im letzten Jahrhundert*, und drunter in kleineren, schrägen Buchstaben *Zu Erben habe ich die unten angeführten Personen bestimmt*, dann folgt die Liste mit den fünf Erben, und da steht in der dritten Zeile *Herr Milou vom Blauen Engel*. Später ist dann von mir die Rede.

Mein Diener Aimé soll ihre Adressen aus dem Gästeverzeichnis heraussuchen. Fünf Exemplare des vorliegenden Testaments findet er in der Schreibtischschublade. Die soll er dann als Einschreiben per Post verschicken.

Danach kommen Artikel mit Vorschriften für die Erben:

Artikel 1: *Die Erben sollen mein Vermögen zu gleichen Teilen untereinander aufteilen, ohne zu streiten.*
Artikel 2: *Die Erben sollen Aimé behalten, als Diener und als Mann fürs Grobe, abgesehen vom Holzhacken, das er nicht mag und von dem er deswegen befreit wird.*
Artikel 3: *Die Erben verpflichten sich, dem kleinen Kater, den sie am Kamin im Haus vorfinden werden, die nötige Fürsorge angedeihen zu lassen.*

Sacha grinst ein bisschen, mit Speichel im Mundwinkel, und sagt zum Wachtmeister, Sie finden mich vielleicht monströs, aber wenn man es sich überlegt, erfüllt der Tod von Frau Truchon doch auch seinen Zweck! Ich frage: Warum sagen Sie, der Tod von Frau Truchon erfüllt seinen Zweck? Er reibt die Hände aneinander, glitzert mit den Augen und strahlt, wie wenn er eine große gefüllte Hammelkeule vor sich hat. »Weil wenn man den Kuchen, egal wie groß er ist, durch vier teilt statt durch fünf, kriegt jeder ein größeres Stück!« Der Wachtmeister strahlt viel weniger, und je näher die Stunde des Notars rückt, desto mehr quillt die Furcht über sein Gesicht hinaus.

»Mich persönlich beschäftigt vor allem, ob das Testament auch rechtmäßig ist.«

»Wie bitte?«, fragt Sacha Milou und verschluckt sich fast an seiner Spucke, als wenn der Wachtmeister ihm den Vogel gezeigt hat.

»Schauen Sie mich nicht so an! So wie das Testament formuliert ist, hat Monsieur Yoke offenbar auf notarielle Unterstützung bei seiner Abfassung verzichtet!«

»Na und! Was macht das schon aus!«, schreit Sacha, als wenn wer den Teich geklaut hat, in den er gerade springen will.

»Das kann das Testament vollkommen wertlos machen, mein Freund.«

»Was? Sind Sie blöd oder wie? Das ist doch abartig, sowas zu denken! Sie sind ja verrückt!«

Er macht mit den Lippen ein O und legt beide Hände auf seine dicken Backen, wie wenn man den Ofen aufmacht und das Essen ist verbrannt. Die Zorntränen stehen ihm bald bis zum Rand in den Augen, und je mehr er sich aufregt, desto ruhiger sagt der Wachtmeister, das Testament ist nicht unterschrieben, das Testament ist nicht datiert, die Artikel klingen nach Lust und Laune und nicht nach dem nötigen Ernst, die Erben sind nicht genau bestimmt, vor allem das mit dem Blauen Engel, wo nicht einmal der richtige Name steht. Während Sacha ganz weiß wird, schlägt die Uhr zehn Mal für zehn Uhr, und der Wachtmeister richtet sich auf wie ein Hundeohr. Diese Esel da oben! Der Notar ist bald da, und sie sind noch nicht einmal aufgestanden!

In dem Moment kommt ein Motorengeräusch immer näher und näher und hört beim Gemüsegarten auf. Da ist er! schreit der Wachtmeister und macht ein Gesicht wie ein kleiner Junge, der sich zwei Stunden angestellt hat und jetzt endlich die Feuerwehrleiter raufklettern darf. Er sucht nach einem Spiegel, um zu schauen, ob sein Krawattenknoten und sein Anzug auch zum Erben bereit sind, findet aber keinen, weil ich nämlich alle abmontiert habe, damit ich Martial nicht jedesmal schreien höre, wenn er sein Gesicht im Spiegel sieht. Kaum dass unser Besucher eingetreten ist, zeigt ihm Sacha Milou seine Zeile im Testament. Sacha vom Blauen Engel, das bin ich! Der Blaue Engel ist nämlich der Name des charmanten Lokals in Saint-Étienne, von dem ich der Besitzer bin! Ich habe einen Haufen offizielle Urkunden, die das beweisen! Abdallah ist so höflich, dass er wartet, bis Sacha Milou ihm fertig erklärt hat, warum er der Sacha vom Blauen Engel ist, dann sagt er, ich bin der Sanitäter und will nur den Körper von Frau Truchon abholen. Sacha Milou und der Wachtmeister glotzen auf die weiße Ambulanz mit dem Flöckchen Blau, die beim Gemüsegarten parkt. Ich weiß nicht, ob es euch aufgefallen ist, dass Abdallah gesagt hat, den Körper von Frau Truchon und nicht einfach Frau Truchon, weil wenn man zu leben aufhört, bleibt nichts mehr übrig als wie der Körper, und das ist doch erstaunlich, dass wir so sehr an lebendige Körper gewöhnt sind. Abdallah geht die Trage holen, um Frau Truchon draufzulegen, und auch wenn man das schon viele Male im Fernsehen gesehen hat, ist der Moment, wo der Sanitäter ganz schnell den Reißverschluss über der Dame zuzieht, bis man von ihr nur mehr das Gesicht sieht, trotzdem ein furchtbar erschreckender Moment. »Sind Sie die Angehörigen von Frau Truchon?«, fragt Abdallah, aber er fragt eigentlich nur den Wachtmeister, weil Sacha Milou nicht den Eindruck macht, dass er irgendwem angehört.

»Nein, der Gatte von Frau Truchon ruht noch in seinem Zimmer«, sagt der Wachtmeister.

»Man muss ihm Bescheid geben«, sagt Abdallah.

»Ich werde ihn wecken und ihm sagen, dass Paulette jetzt wegkommt«, sage ich.

»Sagen Sie ihm auch, dass er im Rettungswagen mitfahren kann«, sagt Abdallah und tut so, als wenn wir per Sie sind.

12

Wie ich die Treppe runterkomme, ist der Salon leer bis auf Katze Njama und Pistache, denen der ganze Menschenzirkus egal ist in ihrer vollkommenen Liebe, was die Pfote von Pistache um den Hals von Njama beweist. Ich sehe, wie Abdallah die Trage mit Paulette im Regen in den Rettungswagen hievt und ein paar Worte zum Wachtmeister sagt, der nickt und wieder wie ein Polizist dreinschaut, der Sanitäter und Ambulanzen gewohnt ist. Sacha Milou steht etwas abseits und dividiert und addiert sich mit einem ganz fröhlichen Mund sein Erbteil zusammen. Ich laufe durch den Dreck zum Rettungswagen und erinnere mich an den Tag, wo ich schon einmal durch den Dreck zum Rettungswagen gelaufen bin und Abdallah mich mit so einem Blick angeschaut hat, dass ich mich nicht gleich in den Brunnen stürzen soll. Er selber hat an dem Tag nicht die Zurückhaltung und den Mut wie ein Sanitäter gehabt, sondern zuckende Schultern und einen schiefen Mund und mit seinen Tränen die Regentropfen verdreifacht. Was hat sie? habe ich gefragt. Abdallah hat nur den Kopf geschüttelt, wie wenn meine Traurigkeit seine Traurigkeit noch größer macht. Er war so traurig, weil er schon so viele Jahre verknallt war. Ja, Abdallah ist in Lucette verliebt gewesen. Und dann ist Monsieur Louis neben mir gestanden, aber ich habe ihn nicht gesehen. Er hat keine Träne und keinen Blick für sie gehabt. Er war im Schlafrock, mit nackten

Zehen, und nichts hat sich an ihm gerührt, außer dem Regen. Ich habe alles gefragt, was ich konnte. Ist sie von der Leiter abgerutscht? Hat sie auf dem Dach das Gleichgewicht verloren? Ist sie in den Brunnen gefallen? Hat ein Wildschwein sie gefressen? Hat eine verirrte Kugel sie getroffen? Hat ein giftiges Insekt sie gestochen? Hat eine Klapperschlange sie in die Wade gebissen? Hat eine Sternschnuppe sie erschlagen? Ist das Mondlicht dran schuld? Ist Aimé dran schuld? Nein! Nein! Nein! Nein! Nein! hat Abdallah gesagt. Aimé ist nicht dran schuld! Dabei hat er so viel geseufzt, dass es sich gar nicht mehr wie Französisch angehört hat. Lucette ist in der Schweinescheune gestorben, an einem Seil um den Hals. Das Seil war dran schuld, nicht ich, der ihr von allen Menschen auf der Welt der liebste war.

Der Wachtmeister will wissen, warum Herr Truchon nicht bei mir ist, und ich sage drauf, er hat es nicht übers Herz gebracht, seine Paulette unter dem Reißverschluss liegen zu sehen, dann ist die Rettung weggefahren mit meinem Lieblingsmotorengeräusch, das ich aus allen Motoren heraushöre, weil es mich an die Samstage erinnert. Der Wachtmeister sagt, dass der Sanitäter Paulette Truchon ins gerichtsmedizinische Institut bringt, weil man nicht weiß, wie sie gestorben ist.

»Was heißt, man weiß nicht, wie sie gestorben ist?«, sage ich. »Sie ist vom Schemel gefallen!«

»Nein, Aimé, man stirbt doch nicht, weil man vom Schemel fällt. Sie muss einen Herzinfarkt gehabt haben oder ...«

»Oder was?«, fragt Sacha Milou, den es nicht so interessiert, wie sie es geschafft hat zu sterben, Hauptsache, sie ist wirklich tot.

»Oder aber sie wurde vergiftet!«, sagt der Wachtmeister jetzt wie ein Kommissar, wobei er doch nur Wachtmeister ist, und grinst gemein zu Sacha Milou hin, der es gar nicht fassen kann, dass er verdächtigt wird, Paulette Truchon ermordet zu haben.

Sacha hebt seinen Blick zum Himmel, genauso wie seine Schultern, die er gleich wieder mit einem Seufzer fallen lässt, zum Zeichen, dass er unschuldig ist. In dem Moment, wie wir wieder im Salon sind, hören wir, wie etwas Schweres in den Teich fällt, und ich sage, oh, haben Sie das gehört? Aber weder der Wachtmeister noch Sacha Milou haben was gehört, also schlage ich vor, ich mache einen Kaffee, so lange wir auf den Notar warten, der bestimmt bald kommt, woran uns die Standuhr erinnert hat. Niemand sagt was drauf, also mach ich keinen. Trotzdem blöd, wenn man nie gehört wird. Der Wachtmeister nimmt aus seiner schönen Anzugweste einen Umschlag und aus dem Umschlag ein gefaltetes Papier, das dem gefalteten Papier von Sacha Milou so ähnlich schaut wie ein Bruder. Dann faltet er das Papier auseinander und schaut es genau an, dabei macht er einen ganz kleinen, gefalteten Mund, wie wenn einer vor einem Teller Frikassee sitzt und ihm irgendwas dran nicht gefällt.

»Es mangelt ihm im Formalen ... das ist etwas ungeschickt formuliert ... aber trotz allem, ein Testament bleibt ein Testament, und niemand wird einem Jäger vorwerfen, dass er kein Jurist ist.«

Wie er das Papier auf den Frühstückstisch legt, ist alles schön entfaltet: das Papier, die Beine und seine Sorgenstirn. Der Wachtmeister ist der vertrauensseligste von den Erben. Sacha schaut Pistache mit traurigen Augen an, wie ein Verliebter, der genau weiß, dass die Liebe vorbei ist und er sie nicht zurückholen wird, indem er sie am Schwanz zieht. Pistache liegt auf dem Rücken, sein Ohr berührt den Rücken von Njama, und Njama schnurrt. Sacha bläst seine Brust auf und lässt einen Seufzer fahren.

Der Wachtmeister redet, damit die Zeit vergeht. Er erzählt Geschichten, die extra zum Lachen gemacht sind. Ein Engländer und ein Franzose in einem Whiskyfass. Sagt der Franzose zum Engländer: Noch eine kleine Runde? Sagt der Engländer: Nicht, wenn ich was getrunken habe. Der Wachtmeister lacht, dass seine Schultern hüpfen, und fragt: Haben Sie das verstanden, Aimé? Ja, sag ich, ich habe es verstanden. Der Wachtmeister reibt sich die Hände, kaum dass er mit einer neuen Geschichte anfängt, die er lustig findet, Sacha und ich finden sie lang. Er redet laut, damit die Hirnschüssler im Ersten aufwachen und endlich die Treppe herunterkommen. Er nimmt sogar den Schürhaken vom Kamin, hält ihn wie einen Stock und klopft damit laut auf den Boden. Ekelhafter Ruß fällt auf den Teppich, was ich nachher wieder putzen muss! Ich nehme dem Wachtmeister den Schürhaken aus der Hand und sage, Achtung, zerbrechlich!, auch wenn das nicht stimmt, weil nichts ist weniger zerbrechlich wie ein sechs Kilo schwerer schmiedeeiserner Schürhaken. Die Uhr schlägt halb elf, noch immer kommt kein Schwein die Treppe herunter, und der Wachtmeister sagt, ich geh mir mal die Beine vertreten. Weil es nicht regnet, sage ich, es regnet noch nicht, aber das Gewitter ist im Anmarsch, wenn ich Sie wäre, würde ich drinbleiben. Der Wachtmeister sagt, der Himmel ist doch vollkommen klar, und geht ohne Regenschirm hinaus. Ich schaue, wohin er geht, und freue mich, dass es die richtige Richtung ist, die Straße entlang, die in den

Wald abbiegt. Sacha Milou hat dem Wachtmeister besser zugehört als gedacht, während er die Croissants in sich hineingestopft hat, jetzt seufzt er und sagt: »Schrecklich, wenn man sich das vorstellt.«

»Was ist denn so schrecklich, wenn man es sich vorstellt, Herr Milou?«

»Wozu der Mann gezwungen war! Haben Sie nicht gehört, was er erzählt hat?«

»Oh ja, ich habe alles gehört.«

»Und Sie haben nichts begriffen?«

Das hat er notwendig gehabt, dass er zu mir sagt: »Und Sie haben nichts begriffen«! Dabei hat er einen Mund gezogen, wie wenn es ihn aufregt, mit so einem Trottel zu reden.

»Doch, ich habe es ganz genau begriffen.«

»Wenn Sie es so genau begriffen haben, dann haben Sie ja vielleicht ungefähr verstanden, dass seine Tochter sich als ganz junges Mädchen hat schwängern lassen, und damit die Familie nichts davon mitkriegt, hat er die Kleine seiner alten Kinderfrau übergeben, damit sie sie bei so einer Familie unterbringt, wo die Kinder mit dem Stock erzogen werden! Er hat weder sie noch das Baby je wiedergesehen! Stellen Sie sich das vor! Ich habe die Nacht mit ihm in einem Bett verbracht und kann Ihnen versichern, dass er solche Gewissensbisse hat! Der arme Mann kann keine Nacht mehr schlafen!«

»Sind Sie sich da sicher, Herr Milou? Ich habe das nicht so verstanden.«

»Und wie ich mir sicher bin! Genau das hat er gesagt, wortwörtlich. Und was, bitte, haben Sie verstanden?«

»Ich hab es so verstanden, dass er, weil er alt ist und bald sterben wird, und man stirbt bald, wenn man alt ist, jetzt langsam Angst vor Gott kriegt, sofern es den gibt, und sich fragt, ob er trotz allem, was er getan hat, noch ins Paradies kommen kann.«

Da hat Sacha Milou zum ersten Mal mitgekriegt, dass ich da bin. Wie wenn ich auf einmal vor ihm stehe und er mein Gesicht, meine Hände, vielleicht sogar mein Herz durch die Kleider hindurch schlagen sieht. Er schaut aus wie der traurigste, unglücklichste Mensch auf der Welt in seiner zu kleinen Hose und seiner Zirkusweste mit den vergoldeten Achselstücken.

»Man darf Leute nicht so verurteilen, Aimé.«

Lucette sagt, man sollte sich nicht täuschen lassen von meiner schüchternen Art und meinem Blick, der sich immer verkriecht. Sie sagt, dass ich einen Willen aus Stahl habe und nicht einmal ein Berg es wagen würde, mir zu widerstehen, wenn ich mich in ihn verlieben würde. Einmal habe ich gefragt: »Auch ein ganz großer Berg?« Und sie hat drauf gesagt: »Sogar der Himalaya.« Den kenne ich nicht, aber bei dem Namen stelle ich ihn mir riesig groß vor und sehr in mich verliebt. Sacha schaut mich von allen Seiten an, wie um herauszufinden, wo ich meine Ideen verstecke. Ich rolle den Schürhaken zwischen meinen Händen, als wenn ich ihm gleich eine wichtige Frage stellen will, aber ich schaue ihn nicht an, sondern den Ruß, den der Schürhaken auf meine Hände schmiert.

»Sacha ... haben Sie schon einmal wen so geliebt, dass die von den Menschen erfundenen Regeln immer mehr zum Gänsespiel geworden sind?«

»Was? Gänsespiel? Ich habe ... wie soll ich sagen ... ja, ich habe schon einmal sehr geliebt ...«

»Und was hätten Sie für Kolja getan?«

Er greift an seinen Ärmel, wie wenn unter der Zirkusjacke nicht nur ihr Name ist, sondern die ganze Kolja.

»Für wen?«, fragt er und drückt mit seinen Wurstfingern den tätowierten Namen.

Die Erinnerungen an seine Liebe verlegen ihm die Gurgel, ich kann ihn kaum noch verstehen.

»Ich hätte alles für Kolja getan. Ich hätte alles stehen und liegen gelassen ... und wäre ins erste Flugzeug nach Jekaterinburg gestiegen ... oder mit einem Pferd durch den Schnee geritten ...«

Jetzt ist dasselbe Gefühl in ihm wie bei dem Lied, das ihn von unten bis oben viel schöner gemacht hat.

»Das mit dem Flugzug und dem Pferd geht in Ordnung. Was ich Sie aber fragen will, Monsieur Milou, ist, ob Sie auch bereit gewesen wären, aus Liebe zu Kolja zu töten.«

»Töten? Nein! Niemals!«

Er schaut mich an, wie wenn ich ein Idiot bin oder übergeschnappt. Dann wirft er einen bösen Blick auf den Schürhaken, logischerweise.

13

Der Wachtmeister kommt durch den Dreck aufs Haus zugestapft, ich sehe ihn durch die Glasscheiben in der Eingangstür immer größer und größer werden. Den bring ich als Letzten um. Ich habe Kaffee gemacht und mir dabei richtig Mühe gegeben, Monsieur Louis hat nämlich immer gesagt, es gibt für alles, was man macht, die bestmögliche Art, es zu machen. Sogar fürs Tieretöten gibt es die bestmögliche Art. Beim Gewehrputzen hat Monsieur Louis einmal zu mir gesagt, du kannst dir nicht vorstellen, Aimé, wie hartnäckig, einfallsreich und mächtig so ein Wildschwein ist, es würde als Erster schießen, wenn es ein Gewehr hätte. Kleine Wildschweine hat er nicht töten wollen, Monsieur Louis, einerseits weil an denen weniger dran ist, aber vor allem möchte man beim Töten die Vorstellung haben, der andere hätte sich retten können, wenn er sich nur ein bisschen mehr Mühe gegeben hätte. Also je muskulöser das Wildschwein ist, das man erschießt, desto leichter kann man sich einreden, dass jeder eine Chance hat zu gewinnen, und das Gefühl von Fairplay haben. Fairplay ist, wenn man sich beim Spielen absichtlich auf die Füße steigen lässt und so tut, als wenn einem Verlieren nichts ausmacht, weil man eh schon weiß, dass man gewinnt, sagt Lucette, Fairplay ist nicht leicht, wenn dir das Leben nicht lacht, und im Tennis gewinnt immer Roland-Garros, der mit dem meisten Fairplay. Und dann sagt sie noch: »Nicht zufällig.«

Ich will damit nur sagen, wenn ich den Tisch fürs Frühstück richte oder die Alleen reche oder im Gemüsegarten grabe oder all die anderen Sachen mache, die ich mache, mache ich es immer auf die bestmögliche Art, ich sage mir nämlich, vielleicht schaut einer zu, der mich nicht kennt und sowas wie Gott ist, und freut sich über meine gut gemachte Arbeit. Deswegen kämpfe ich ständig mit Zwiespälten und Gewissensbissen, wenn Martial sein blödes Gesicht zieht und dagegen ist, dass wir die Betten für die Hirnschüssler richtig machen. Wenn ich allein wäre, ohne Martial, wären die Betten besser gemacht. Ich erkläre euch das mal am Kaffee. Ich kann den Kaffee mit falschem Kaffee machen, den man ins kochende Wasser schüttet und der so tut, als wenn er Kaffee ist, weil er dem in der Farbe und im Geschmack ein bisschen ähnelt. Aber ich gehe in die Vorratskammer, wo es so kalt ist, dass ich im August oder Juli immer mit Martial in die Vorratskammer gehe und wir uns nicht mehr wegbewegen, weil wir hoffen, dass das Kalte anhält. Dann mache ich die Blechdose mit den Kaffeebohnen auf und bin auf den Geruch so gefasst, dass er mich nie überrascht, dabei riecht das so gut, dass ich es euch leider gar nicht schildern kann, weil es mir ja schon schwerfällt, eine Geschichte zu erzählen, und dann erst einen Geruch, was glaubt ihr! Ich nehme eine Handvoll Bohnen heraus, sogar ein bisschen mehr, weil eine Handvoll nicht reicht. Vor allem im Herbst, wenn zehn oder zwölf Hirnschüssler da sind und ich mich allein um das Frühstück kümmern muss, weil Martial ist zwar auch da, aber manchmal schlimmer als ein Kind, wie ihr wisst. Ich gebe die Kaffeebohnen in die Lade von der hölzernen Kaffeemühle, die die ganze Zeit nur Kaffeebohnen mahlt, weil sie dafür gemacht ist, und denke mir, wie schön, wenn man weiß, wofür man gemacht ist, und sich nie fragt, was man im Leben anderes tun könnte außer Kaffeebohnen mahlen oder den Garten hacken, um von einer Arbeit zu sprechen, die ich kenne. Dann drehe ich am Griff, und da kann ich mich nicht beklagen, das macht ein Geräusch, das man nicht beschreiben kann, aber es ist eines der besten Geräusche im ganzen Haus von Monsieur Louis. Dann nehme ich die Lade heraus und schütte den fein gemahlenen Kaffee in die Kaffeemaschine. Ist der Kaffee gemahlen, erkennt man ihn gar nicht wieder, auch wenn man sich noch so oft sagt, dass es ja noch immer Kaffee ist, kaum zu glauben, es ist fast wie bei Martial mit seinem geschmolzenen Gesicht. Dann gieße ich kochendes Wasser auf den Kaffee und drücke nicht zu schnell und nicht zu lange auf ein Blechding, das bestimmt einen Namen hat, soviel ist sicher, weil es immer, wenn es ein Ding gibt, auch einen Namen dazu gibt, damit man das eine Ding nicht mit den anderen Dingen verwechselt. Bei Namen ist das anders, weil viele gleich heißen und es viele Mütter gibt, die im selben Augenblick rufen: »Komm essen, Liebes«, und weil es massenhaft Menschen gibt, die sich geliebt fühlen, auch wenn das gar nicht sein kann, wenn man bedenkt, wie viele wir sind, fühlen sich alle angesprochen, dabei bin ich der Einzige, der so heißt: Aimé. Dann ist der Kaffee fertig, und ich kann ihn in die Kaffeetassen einschenken. Wie er nicht mehr weit von der Eingangstür weg ist, gehe ich hinaus und sage, halten Sie durch, Herr Wachtmeister, ich habe für Sie Kaffee gemacht, und er lächelt, weil er darüber froh ist und gar keinen fertigen Kaffee erwartet hat.

»Ich bin ein Stück in den Wald hineingegangen. Er kommt mir sehr wildreich vor, nicht wahr?«

Ich sage nichts drauf, und das ist ihm peinlich, weil er glaubt, ich weiß nicht, was *wildreich* heißt, dabei höre ich das Wort schon seit mehr als zwanzig Jahren, es ist ein Lieblingswort von den Hirnschüsslern, die hier immer zum Jagen herkommen. Um was zu tun statt nichts zu tun, trinkt der Wachtmeister seinen Kaffee und sagt, nur um was zu sagen, der hat eine gewisse Bitterkeit, nicht wahr? Naja, es ist halt Kaffee, sage ich. Dann fängt der Wachtmeister aber an zu übertreiben, und ich finde es unhöflich, dass er auf den Boden spuckt und sagt: »Der Kaffee ist widerwärtig.«

Wenn Leute eine Grimasse ziehen, die plötzlich aus dem Gesicht herauskommt, dann sieht man ihre Seele. Der Wachtmeister hat eine seltsame Seele. In dem Jahr, in dem er Lucette seiner Amme Adèle überlassen hat, war ich ein kleines Baby, ganz neu geboren, und alle haben sich um mich gekümmert, weil Kinder erst geschlagen werden, wenn sie vier oder fünf sind, Babys sind irgendwie heilig oder schwach, was weiß ich. Lucette war auf jeden Fall im richtigen Alter, sie hat Schläge auf den Rücken, den Bauch, die Nase und alle anderen Knochen abgekriegt, genug für vier Leben, hat sie gesagt. Und warum vier Leben? Sie hat sich gedacht, dass es noch andere geben muss, weil so traurig kann es einfach nicht sein, jeder sollte doch früher oder später auch sein Teil Freude abkriegen, sie hat eher an später gedacht, weil das Leben, das sie geführt hat, immer nur zum Heulen war. Ich bin nie geschlagen worden, weil Lucette war sanft wie ein Lamm und Monsieur Louis hat ja schon Martial gehabt. Man soll dem Kaiser geben, was des Kaisers ist, sagt Lucette, deswegen sage ich das, es soll nämlich nicht so klingen, wie wenn ich mich beschweren will: Ich war kein geschlagenes Kind, ich bin nie verprügelt worden, außer das eine Mal, wo Monsieur Louis den Wutanfall bekommen hat, weil ich das Kristallding zerbrochen habe, das er

Lucette geschenkt hat, da hat er gesagt, du bist täppischer als ein Esel! und hat mich auf den Kopf gehaut. Euch kann ich es ja jetzt sagen: Ich bin überhaupt nicht täppisch, ich habe es absichtlich gemacht. Wirklich täppisch zum Beispiel sind Leute wie Herr Truchon, der Monsieur Louis in die Seite geschossen hat. Erst muss ich euch aber erklären, wieso Herr Truchon mit dem Jagdgewehr überhaupt da war. Lucette war so unglücklich im Blauen Engel, dass sie versucht hat, sich an die ganze Liebe, die sie bekommen hat, zu erinnern. Von ihrer Mutter hat sie nie was mitgekriegt, das Einzige, was über Mathilde gesagt worden ist, war galoppierende Schwindsucht. Nicht einmal ein Foto oder eine Lüge zum Träumen hat es gegeben. Den Wachtmeister erwähne ich lieber nicht, der hat Lucette verlassen, und Lucette sagt, wenn man an Sünden und an Vergebung glaubt, dann ist das genau die Art Sünde, die nie vergeben werden darf, sonst muss man ja verzweifeln. Lucette war manchmal ein bisschen verzweifelt und hat dann gesagt, er hat mich nur verlassen, weil seine Eltern ihn schon als Kind verlassen haben. Das ist so eine Theorie von ihr, die ich nicht mag, weil wenn jeder sein Unglück nutzt, damit er andere unglücklich macht, dann sind wir am Ende alle unglücklich, wie wir da sind. Da kann man sich noch so das Hirn zermartern, bei dem Polizistenvater findet man nicht sehr viel Liebe. Und dann sind da noch die Truchons, zu denen sie mit dreizehn gekommen ist, da war ich noch so klein, dass ich noch gar nicht auf der Welt war, aber kurz davor. Lucette hat so lange darüber nachgedacht, bis sich die Wahrheit verändert hat und sie gesagt hat, ja, sie waren streng, aber sie haben sich immerhin fünf Jahre um mich gekümmert, sie haben mir einfach so was zu essen gegeben, meine Sachen gewaschen und mich in einem

Bett schlafen lassen. Einfach so stimmt aber nicht ganz, weil, wie Lucette mir erzählt hat, der Wachtmeister den Truchons fünfzigtausend Francs gegeben hat, damit sie Lucette aufnehmen zu all den anderen Kindern, die sie schon gehabt und geschlagen haben. Aber wie ich schon gesagt habe, hat es Lucette so traurig gemacht, in der Halle vom Blauen Engel in einem zu kleinen Kleid auf einem Hocker zu sitzen und zu warten, bis einer von den Herren dem Sacha Milou Geld dafür gibt, dass sie ihren Hintern herzeigt und andere Liebesdinge mit ihm macht außer dem, was sie nicht machen will, dass Lucette überall in ihrer Vergangenheit nach Liebe gesucht hat und geglaubt hat, sie hat sie bei den Truchons gefunden. Man könnte ihnen vielleicht einen Brief schreiben und sie zur Jagd einladen, hat Lucette zu Monsieur Louis gesagt. Da war sie schon vor vielen Jahren weggelaufen und hat im Blauen Engel ihr Geld verdient. Wenn es dir eine Freude macht, Pipette, dann lade deine Truchons doch ein, mir ist das gleich, hat Monsieur Louis drauf gesagt. Sie haben die Einladung auch angenommen, aber nicht, um Lucette wiederzusehen, sondern weil sie in der Gesellschaft aufsteigen wollten und weil Freunde mit einem wildreichen Grundstück beim Aufstieg eine Hilfe sind. Durch einen Riesenzufall oder nein, eigentlich nicht, weil dumme und brutale Menschen sich ja meistens gut verstehen, sind die Truchons und Monsieur Louis gleich so gewesen wie Pech und Schwefel. Sie sind bald darauf wiedergekommen, dann noch ein zweites Mal und ganz viele Male, so oft, dass wir ihnen immer das Bett im selben Zimmer ganz hinten im Gang gemacht haben, Martial und ich, und es das Truchon-Zimmer genannt haben. Lucette hat schnell gemerkt, dass sie sich getäuscht hat und auch bei den Truchons nicht die Liebe aus ihrer Vergangenheit findet. Die haben nur die Jagd und das Essen im Kopf gehabt und Monsieur Louis Komplimente gemacht, so sind sie seine besten Freunde geworden, und Monsieur Louis hat immer gesagt, ich lasse niemanden fallen, und wenn ich wüsste, dass Leute wie Sie mit Ihrer Liebe zur Jagd und Ihrem Sinn für Tradition sich um mein Gut kümmern, würde ich Sie sofort in mein Testament einsetzen und könnte in Frieden gehen. Wie das Paulette Truchon gehört hat, hat sie Hitzen und Herzklopfen gekriegt und Monsieur Louis doppelt so viele Komplimente gemacht und jede Nacht davon geträumt, dass er seine Pfeife abgibt und sie endlich das Geld, den Teich, das Haus mit den Nebengebäuden, die Waffenfabrik, den Wald mit den Wildschweinen und sogar die Schweine erbt, nur dass sie in der Gesellschaft aufsteigt. Das Problem war aber, dass Monsieur Louis wie alle Leute auf dem Land eine gute Gesundheit gehabt hat und einen Körper so stark wie ein Eber. Lucette hat immer gesagt, der wird uns noch alle begraben, aber obwohl sie sich da geirrt hat, weil er jetzt eine Kugel im Kopf hat und ich euch die Geschichte erzähle, nicht er, hat bei ihm nie wer, nicht einmal ein Arzt, auch nur die kleinste Krankheit finden können. Und nach dem Jagdunfall am 22. September in dem bewussten Jahr, nach dem wir die Truchons nie wiedergesehen haben, hat Lucette, die manchmal eine böse Zunge hat, deswegen gesagt, das war gar kein Unfall. Herr Truchon hat behauptet, dass er Monsieur Louis mit einem großen Wild verwechselt hat, aber Monsieur Louis hat seither kein Vertrauen mehr in die Truchons gehabt und sie nie wieder eingeladen. Frau Truchon hat davon eine Depression gekriegt und zu singen aufgehört, obwohl sie eine richtige Nachtigall war und beinah eine internationale Karriere gemacht hat. Herr Truchon hat alles wiedergutmachen wollen und Briefe an Lucette geschrieben, wo Sachen dringestanden sind wie *Nach allem, was Paulette und ich für Deine Erziehung getan haben, bist Du uns das schuldig. Sprich mit Monsieur Louis, damit wir wieder Freunde werden können.* Aber Monsieur Louis hat nie wieder was von ihnen wissen wollen. Ich kann euch gar nicht sagen, was das für eine Freude gewesen sein muss, wie sie das Testament gekriegt haben, mit dem ich mir ganz allein ganz viel Mühe gegeben habe, dass es wirklich wie ein echtes Testament ausschaut. Schon komisch, die Leute, kaum sagt man, dass sie was erben werden, wundern sie sich über gar nichts mehr und kommen am Wochenende angereist mit ihrem Hund, ihrer Frau, ihrem kleinen Köfferchen, um auf den Notar zu warten, der am nächsten Tag um elf Uhr vormittags kommen soll. Wenn es um viel Geld geht, verliert jeder etwas, das er vorher gehabt hat. Der Polizist verliert seinen Sinn für Ermittlungen, obwohl die Indizien, Alibis und andere nützliche Dinge für Mörder vor seiner Nase liegen. Der Soldat, weil Herr Hi, der Herr, der seinen Namen ganz klein auf die Gästeliste geschrieben hat, wie er gekommen ist, ist nämlich Berufssoldat, verliert seinen Sinn für Manöver. Wenn ich ein Testament von wem kriegen würde, der nicht einmal meinen Vornamen kennt, den ich noch nie gesehen habe und der mir trotzdem sein Vermögen und seine Schweine vermachen will, würde ich mir ein paar Fragen stellen, und obwohl ich ein Idiot bin, würde ich mich nicht so blöd mit einer Decke mit Wolken und Bärchen drauf auf dem Land umbringen lassen. Herr Hi war der unsicherste Kandidat auf meiner Liste, ich habe nicht geglaubt, dass er kommt. Deswegen habe ich sogar noch einen Satz zum Testament dazugeschrieben: »Sie werden sich sicher wundern, dieses Testament zu erhalten, aber Lucette (die uns leider verlassen hat, weil sie einundvierzig Jahre lang nicht geliebt wurde), hat großen Wert darauf gelegt, dass Sie einen Teil von meinen Gütern bekommen, als Erinnerung an die Liebe, die sie bezahlt oder unbezahlt mit Ihnen gemacht hat.« Ich habe den Satz Abdallah zum Lesen gegeben, er hat an dem Unterschwelligen und an meinem Französisch einiges auszusetzen gehabt und da und dort was korrigiert und ein bisschen auf mich heruntergeschaut, weil er nämlich Sanitäter gelernt hat und ich nichts, und zwar nicht, weil ich nicht wollte, sondern weil ich zu blöd bin, was Monsieur Louis auch zu Lucette gesagt hat: »*Studieren* soll er? Was fällt dir ein? Genausogut kann man von den Schweinen in der Scheune verlangen, dass sie Abitur machen!«

Ich habe mir das Testament aber nicht ganz allein aus den Fingern gesaugt, weil ich in der Schreibtischschublade von Monsieur Louis ein Muster gefunden habe. Das war sein echtes Testament, was er schon lange vorher geschrieben hat, bevor er sich erschossen hat (ich sage das nur für den Fall, dass ihr glaubt, ich habe von Anfang an nur gelogen und Monsieur Louis selber umgebracht). In Monsieur Louis ist eine große Traurigkeit gewesen, an der hat er so schwer getragen, dass er einmal zu mir gesagt hat, ich habe genug, Aimé. Er hat nicht viel gejammert, ein Mann, ein Wort, wie man so sagt, und drei Tage, nachdem er gesagt hat, ich hab genug, Aimé, hat Martial ihn mitten im Wald gefunden, erschossen und von den Wildschweinen angefressen. Man muss ihn verstehen, Monsieur Louis, er hat es einfach nicht ausgehalten, dass Lucette – die ein bisschen wie seine Frau war, weil sie jedes Wochenende Liebesdinge mit ihm gemacht hat, ohne Geld dafür zu nehmen –, dass seine Lucette wie der schrecklichste Mensch auf der Welt ausschaut, wenn man Martial nicht mitrechnet, der noch mehr geschmolzen ist. Mir ist das nicht aufgefallen, dass die Lucette nicht mehr so schön war, nachdem sie verbrannt ist, wegen der Liebe. Aber Monsieur Louis, der nichts von der Liebe verstanden hat, hat Lucette nicht mehr wiedererkennen können, wie bei den Kaffeebohnen, wenn sie gemahlen sind. Und dann hat Lucette nicht mehr können und ist in die Schweinescheune gegangen und hat ihren Hals in die Schlinge gesteckt. Das war dann viel zu viel für Monsieur Louis. Am meisten gewundert hat mich, dass Monsieur Louis in seinem echten Testament alles mir vererbt hat. Ich will nicht sagen, dass ich mich darüber gefreut hab, weil ich mich über nichts mehr freue, seit Lucette tot ist, aber ich habe gedacht, dieses Haus ist das Haus, in das Lucette jeden Samstag gekommen ist, und wenn es für immer mein Haus ist, gehören auch die ganzen Samstage mir und das Scheunendach auch. Dann habe ich daran gedacht, dass Lucette nicht den Mut gefunden hat, mir zu sagen, auf Wiedersehen, Aimé, bevor sie ihren Hals in die Schlinge gesteckt hat, deswegen bin ich ihr jedesmal böse, wenn ich mich in der großen Schweinescheune zu den Schweinen lege, obwohl man einer Dame eigentlich gar nicht böse sein kann, in der so eine große Traurigkeit ist, dass sie geht, ohne dass sie ihrem Sohn auf Wiedersehen sagt oder ich geh jetzt oder ich liebe dich.

Ich habe mich direkt neben den Wachtmeister gesetzt, der ziemlich grimmig dreingeschaut hat, was man sich vorstellen kann nach der Menge Gift in seinem Kaffee. Weil Paulette Truchon so viel Zeit zum Sterben gebraucht hat, hab ich begriffen, dass zu wenig Gift in der Suppe war und ich beim Wachtmeister mehr nehmen muss. Da war es wieder zu viel. Lucette sagt, ich bin ein bisschen ungeschickt. Aber versetzt euch einmal in meine Lage!

Wie soll man die tödliche Menge Gift in einer Kaffeetasse treffen, wenn man sein ganzes Leben lang barfuß durch den Gemüsegarten geht, damit man kein Insekt vom lieben Gott zertritt.

Jetzt liegt er da mit seinem grimmigen Gesicht, und ich kann ihn trotzdem in Ruhe betrachten, weil er mich nicht mehr sehen kann. Ich will wissen, ob er mir ähnlich ist, ja, die Ähnlichkeit ist erstaunlich. Nein, doch nicht. Das ist überhaupt nicht erstaunlich. Man hat ja oft die Nase oder die Stirn oder das ganze Gesicht vom Großvater, und ich weiß gar nicht, wo ich noch suchen soll. Vielleicht bemühe ich mich auch nicht sehr, weil ich gar nichts finden will. Mich ärgert nur, was ich noch machen muss. Ich habe euch nichts davon gesagt, aber ich habe ein violettes Mal auf dem Knie, von dem Lucette sagt, das ist ein Geburtsmal, ein hässlicher Fleck, der nicht weggeht. Lucette hat das gleiche Mal an der gleichen Stelle, und wir sind oft nebeneinander gesessen, auf dem Zaun vom Gemüsegarten zum Beispiel, und haben die Male auf unseren Knien verglichen, ohne was zu sagen, und ich kann euch gar nicht sagen, wie schön das war, weil es beweist, dass Lucette meine Familie ist und ich ihre und wenn wir uns verlieren oder unser Gedächtnis, haben wir immer noch unsere Knie, um uns wiederzufinden. Ich kremple dem Wachtmeister auf beiden Seiten die Hose auf, und mein Herz ist so zugeschnürt, dass ich anfange zu weinen. Ihr könnt es mir glauben oder nicht, weil es erstens nichts ändert und außerdem meine Geschichte ist, aber da war nichts auf seinen Knien, rechts nicht und links nicht, nur Haare und trockene Haut mit kleinen braunen Flecken, die aber mit dem violetten Mal von Lucette und mir nichts zu tun haben. Wenn man auf eine schlechte Nachricht wartet und die nicht kommt, ist das manchmal noch besser als eine gute. Lucette sagt, ein Unglück weniger ist ein Glück mehr. Sie hat die ganze Zeit nur von Unglücken erzählt, die ihr nicht passiert sind. Wenn sie über die Leiter auf die Holzscheune hinaufgeklettert ist, hat sie gesagt, schau, Aimé, sie ist gar nicht umgefallen. Wenn sie eine Torte gemacht hat, hat sie ihr beim Backen zugesehen, sie aus dem Ofen genommen und dann gesagt, schau, sie ist gar nicht verbrannt! Oder wenn wir am Sonntagnachmittag heimlich im Teich von Monsieur Louis baden waren, während er seinen Wein ausgeschnarcht hat, hat sie gesagt, wir sind nicht ertrunken, mein Lieber, und wie sie mich mit ihrem Gesicht angeschaut hat, das so hungrig nach Fröhlichkeit war, war es schon schön, dass wir nicht ertrunken sind. Die Standuhr schlägt elf Mal für elf Uhr, und ich denke an den Notar, der bestimmt nicht mehr kommt, und versuche mir vorzustellen, wie ein echter Notar aussieht, was für ein Gesicht er macht, wenn er sich mit den Erben um den Tisch versammelt, wie er zwischen den wahren Erben mit dem echten Kummer und denen, die nur wegen dem Wald mit den Wildschweinen da sind, unterscheidet. Ein komischer Beruf, sage ich zu mir und muss an die Eltern denken, die aus ihren Kindern Notare oder Ärzte-Anwälte machen wollen. Ich denke an Céline, die Wachtmeisterstochter, die nie von ihrer großen Schwester Lucette gehört hat und jetzt, kurz vor der Hochzeit, ihren Vater verliert und einen neuen Lieferanten finden muss.

Abdallah ist genau in dem Moment gekommen, wo ich neben dem Wachtmeister sitze und weine, aber weil er ein Taktgefühl hat, hat er so getan, wie wenn er noch Sachen hinten aus dem Rettungswagen holt, und ist erst wiedergekommen, wie alles abgewischt war.

»Fertig?«

»Ja, klar. Das war der Letzte.«

Er schaut den Wachtmeister an, ihm macht das nichts aus, wie er daliegt.

»Du bist ja daran gewöhnt, dass du Tote siehst, mit deinem Beruf.«

»Ja, man gewöhnt sich daran. Man gewöhnt sich an alles, Aimé.«

Und das Schlimmste ist, dass es wahr ist, was Abdallah sagt. Der Tod von Frau Truchon ist ein bisschen danebengegangen, wie eine Skizze. Ich habe gedacht, ich schau dabei zu, wie sie mit dem Kopf in die Suppe fällt, und dann war es ganz anders, weil sie so spät und so langsam gestorben ist, dass ich das mit dem Umbringen schon fast vergessen gehabt habe, wie sie auf dem Fußschemel herumgehampelt ist. Bei Herrn Truchon war es genauso, wie ich es mir vorgestellt habe. Nur dass ich mir vorher keine Gedanken gemacht habe, wie ich ihm in die Augen schaue, wenn ich ihm mit der Axt den Kopf einschlage, und dann war es wohl ein ziemlich ratloser Blick, weil ich hab improvisieren müssen, während es für Herrn Truchon ein wichtiger Moment war, wie man ihn nur einmal im Leben erlebt und das auch nur, wenn einen einer mit der Axt erschlägt, was sehr selten und sehr erschreckend ist. Herrn Hi habe ich gar nicht angeschaut, aber nicht aus Feigheit, sondern weil die Daunendecke mit den Wolken und den Bärchen dazwischen war, und die ist so dick, dass ich kaum seinen leisen Protest gehört habe, ich weiß also nicht, was Herr Hi sich dabei gedacht hat. Bei Herrn Truchon und Sacha Milou könnte ich viel erzählen über ihre Liebe zum Leben, was die für Augen gemacht haben, wie die in die Ewigkeit gegangen sind! Ich will damit nicht sagen, dass sie Angsthasen waren, ich kann das verstehen, es kommt ja auch auf das Werkzeug an. Vor so einer Axt oder einem Schürhaken hat man zwangsläufig mehr Angst wie vor einem Suppenteller oder einer Decke mit Bärchen und Wolken. Nur bei Martial ist es mir schwergefallen. Obwohl er Lucette so viel angetan hat, habe ich ihn auch beim Erwürgen noch geliebt. Eigentlich wollte ich es im Schlaf machen, aber er ist dabei aufgewacht, wie ich meine Hände um seinen Hals gelegt habe. Nirgends war Licht, nicht einmal vom Mond, weil der Mond an diesem Abend nicht da war. Aber nachts hab ich Martial lachen gehört, weil es nämlich sein liebster Traum war, dass ihm nie wieder wer ins Gesicht schaut und sein Leben zu Ende ist. Aber der Brunnen war ihm zu finster, der Teich war ihm zu kalt, und vor Gewehren hat er sich gefürchtet wegen dem Blut und dem Lärm.

Dieser Anselme, der Bruder vom Wachtmeister, der Lucette so weh getan hat, dass sie mich kriegte, hat auch ein Testament bekommen. Das habe ich sogar als Erstes weggeschickt. Dann habe ich einen Brief bekommen, in dem gestanden ist, dass Anselme schon vor zwei Jahren an einer langen, schmerzhaften Krankheit gestorben ist. Da habe ich zu mir gesagt, Gott hat für mich mit der Drecksarbeit angefangen, jetzt muss ich nur noch weitermachen.

»Ich habe gehört, wie du Frau Truchon in den Teich geworfen hast, Abdallah.«

»Scheiße, war ich zu laut?«

»Nein, nur ich habe dich gehört. Dann habe ich zu Sacha Milou und dem Wachtmeister gesagt: ›Haben Sie das auch gehört?‹«

»Und?«

»Nichts. Die waren nur wegen dem Geld da.«

Eine Weile lang haben wir gar nichts gesagt und die Ruhe genossen. Abdallah hat gezögert, bevor er mir seine Frage gestellt hat.

»Ist er's?«

»Ist er was?«

»Na, der Vater von Lucette, dein Großvater ...«

»Das ist nicht sicher. Er hat kein Mal am Knie.«

»Schaut trotzdem nach Verwandtschaft aus.«

»Ach ja?«

»Na ja, nur ein bisschen.«

»Versteh ich nicht. Was denn?«

»Nichts Spezielles.«

»Die Nase?«

»Nein, nicht die Nase ...«

»Was dann? Die Augen? Die Stirn?«

»Nichts Spezielles, sag ich doch, Aimé. Nur so ein Anflug.«

»Also sieht man's nicht.«

»Nein, wirklich, es ist nur ein Anflug.«

Ich bin nicht blöd. Dass es nur ein Anflug ist, den man nicht sieht, sagt er nur, um mir eine Freude zu machen. Dabei macht mich das nur noch trauriger. Wo ich sowieso schon so traurig bin wie ein Stein.

Epilog

Jeder Mensch trägt in seinem Inneren Dreck mit sich herum. Und wenn man noch bedenkt, dass es Leute gibt, die leicht nett sein können, weil das Leben sie gut angezogen hat, und andere, die das Leben wirklich für blöd hält, weiß man gar nicht mehr, was man denken soll, welche man umbringen soll und welche nicht, und wenn man die ganzen Toten sieht, fragt man sich auch, ob es richtig war. Ich bin nur erleichtert wegen Lucette, weil jetzt ihr ganzes Unglück tot und begraben ist. Ich kümmere mich um Pistache und den kleinen Njama, der inzwischen schon groß ist. Vorher haben sie sich nur gut vertragen, jetzt ist es die ganz große Liebe. Ich schaue auf den Teich, der voll ist mit Leuten auf seinem Grund. Ich sehe nur seine ruhige Oberfläche. Im Fernsehen messen Haushälterinnen Frühstückstische aus, und die Polizei findet Leichen in Teichen. Hier passiert sowas nicht. Ich weiß, wovon ich spreche, ich lebe hier seit vierzehn Jahren allein mit Pistache, Katze Njama und meiner Liebe zu Lucette, die mir halb die Lust nimmt, mich in den Brunnen zu stürzen. Ich habe ein Foto von ihr, das schau ich von Zeit zu Zeit an, um zu weinen. Ich glaube nicht, dass der Tod der Anfang von einem neuen Leben ist. Wenigstens hoffe ich es. Das wäre ein harter Schlag, wenn alles noch mal von vorn anfinge.

Pepe Carvalho bei Wagenbach

Manuel Vázquez Montalbán Carvalho und das Mädchen, das Emmanuelle sein sollte *Ein Kriminalroman aus Barcelona*

Eine argentinische Anthropologin engagiert Carvalho, um nach Helga, der früheren Geliebten ihres Ex-Manns, zu suchen. Doch noch ehe Carvalho mit seinen Nachforschungen richtig beginnen kann, wird diese in der Metro tot aufgefunden – ermordet. Dringend tatverdächtig ist ein Obdachloser, mit dem Helga die letzten Jahre in Barcelona zusammengelebt hat.

Aus dem Spanischen von Carsten Regling
WAT 695. Broschiert. 176 Seiten

Manuel Vázquez Montalbán Carvalho und die tätowierte Leiche *Ein Kriminalroman aus Barcelona*

Der erste Einsatz des schlemmenden Privatdetektivs Pepe Carvalho führt diesen ins Gangstermilieu von Barcelona und Amsterdam: ein Roman sowohl für Krimifans als auch für Liebhaber kulinarischer und literarischer Finessen!

Aus dem Spanischen von Bernhard Straub
WAT 694. Broschiert. 208 Seiten

Manuel Vázquez Montalbán Carvalho und der einsame Manager *Ein Kriminalroman aus Barcelona*

Ressentiments gegen Konzernmanager gab es offenbar schon lange vor der Finanzkrise. Damals wurden missliebige Manager allerdings einfach gnadenlos aus dem Weg geräumt – häufig von Leuten aus den eigenen Reihen.

Aus dem Spanischen übersetzt und überarbeitet von Bernhard Straub.
WAT 701. Broschiert. 240 Seiten

Junge Literatur bei Wagenbach

Antonia Kerr Blumen für Zoë *Roman*

Ein französisches Roadmovie in den Vereinigten Staaten: Nostalgischer 60-jähriger verliebt sich unrettbar in 22-jährige Lolita. Ein frecher junger Blick auf eine nicht unübliche Begebenheit.

Aus dem Französischen von Jutta Schiborr
WAT 662. Broschiert. 144 Seiten

Saphia Azzeddine *Roman*
Zorngebete

Der Alltag ist schmutzig und elend, das Glück schmeckt nach Granatapfeljoghurt, und Jbara spricht mit Allah: Wütend und demütig, klagend und dankbar, poetisch und vulgär – für den Fall, dass er doch nicht alles sieht und nicht versteht, warum sie so weit gehen konnte ... Eine tragikomische Emanzipationsgeschichte aus Maghreb.

Aus dem Französischen von Sabine Heymann
Quart*buch*. Gebunden. 128 Seiten

Lucía Puenzo Der Fluch der Jacinta Pichimahuida *Roman*

Die wahren Begebenheiten, auf denen Puenzos neuer Roman basiert, haben ganz Argentinien in Atem gehalten: Als Jacinta Pichimahuida, die Kultfigur aus dem Kinderprogramm, unter mysteriösen Umständen ums Leben kommt, brechen Welten zusammen ...

Aus dem argentinischen Spanisch von Rike Bolte
WAT 641. Broschiert. 288 Seiten